Esclave Soumis et autres histoires

Erika Sanders

Série
Collection de domination érotique

Synopsis

Ce livre est composé des histoires suivantes :
Esclave Soumis
Le souhait de Sandy
Zombie Apocalypsex

Esclave Soumis est un roman à fort contenu érotique BDSM et, à son tour, un nouveau roman appartenant à la collection Erotic Domination, une série de romans à fort contenu BDSM romantique et érotique.

(Tous les personnages ont 18 ans ou plus)

Note de l' écrivaine:

Erika Sanders est une écrivaine de renommée internationale, traduite dans plus de vingt langues, qui signe ses écrits les plus érotiques, loin de sa prose habituelle, de son nom de jeune fille.

Indice

ESCLAVE SOUMIS ET AUTRES HISTOIRES
ERIKA SANDERS

ESCLAVE SOUMIS

CHAPITRE I

Où diable était-elle ?

C'est ce que j'ai pensé alors que j'étais assis à une table pour deux dans la cafétéria d'une rue principale de la périphérie de la ville.

J'avais déjà bu deux tasses de café et cela faisait plus d'une heure que ce dont nous avions convenu hier et bon sang, j'avais besoin d'aller faire pipi.

Ne sachant pas si je devais rester ou partir ou autre, j'ai fini par me convaincre que j'avais été abandonné et j'ai décidé d'aller chercher du secours.

Quelle putain de perte de temps et c'est juste un autre coup porté à mon ego... c'est arrivé trop près de l'autre fois, j'aurais dû m'en douter, pensai-je en me levant de table et en me dirigeant vers les toilettes pour hommes.

Nous nous étions rencontrés par chat l'autre soir.

J'avais créé une salle avec le thème de la recherche d'une dominatrice dans le bon quartier et après quelques heures, Lucy est entrée et nous avons commencé à parler de ce que nous aimons et n'aimons pas dans la situation et le sujet.

Nous avons échangé des photos... rien de risqué, juste des photos de nous en tenue normale au début.

Nous avons aimé ce que nous avons vu et avons décidé de nous retrouver au café ce matin tôt samedi matin... en fait très tôt... à 6h15.

Lucy me demande alors de lui envoyer une liste de mes limites... une liste complète de ce que je ne ferais pas et de ce que je voulais faire.

Elle m'a également demandé de lui envoyer toutes mes mesures ; tout, depuis la longueur de ma bite lorsqu'elle était dressée jusqu'à la taille de ma chaussure.

Puis plus tard, elle m'a demandé de lui envoyer des photos de ma bite telle qu'elle pendait normalement et également avec une érection complète.

Il avait tout fait, mais bon sang, il s'était retrouvé ici, dans les toilettes de la cafétéria.

J'ai quitté le café et me suis dirigé vers ma voiture, qui se trouvait au fond du parking où j'avais dit à Lucy que je la garerais et lui avais également donné mon numéro de plaque d'immatriculation en même temps.

Alors que j'ouvrais la portière, la vitre côté passager d'un SUV noir garé à côté de moi a commencé à s'abaisser.

" Peter, c'est toi ? " dit doucement une voix féminine

Je lui ai dit que c'était moi.

"Je suis désolé, mais je devais m'assurer que tu étais la personne que tu disais vraiment que tu étais."

J'ai regardé le conducteur et mon cœur s'est mis à battre à un rythme fantastique.

C'était Lucy et elle était magnifique... dans un manteau en cuir et de hautes bottes en cuir.

Son manteau en cuir était déboutonné en bas, révélant des cuisses nues et un peu de cuir au-dessus d'elles, mais je ne savais pas exactement de quoi il s'agissait, mais cela servait à m'exciter.

"Où diable étais-tu ? Je t'ai attendu plus d'une heure." J'ai lâché en regardant ses bottes et j'ai senti ma bite commencer à prêter attention à la situation.

"Maintenant Peter, dis juste ce que tu ressens. Si tu es toujours intéressé à me rencontrer, tu me suivras jusqu'à chez moi tout de suite. Une fois que nous y serons, tu te gareras dans le garage dans l'espace à côté de chez moi. voiture. Tu comprends ce gamin ?

Avant qu'il ne puisse répondre, la fenêtre s'est fermée et le SUV est sorti du parking et a commencé à repartir.

Mon érection est morte sur le coup en un temps record.

Que dois-je faire, que dois-je faire ?

Malédiction.

J'ai sauté dans ma voiture et j'ai couru après elle en espérant qu'il n'était pas trop tard.

" Où est-elle?" Je me suis dit en m'approchant de la sortie... "Là, il a tourné à droite, il va à l'ouest."

J'ai essayé de suivre le rythme et de la garder en vue sans excès de vitesse, car cette route était connue pour ses radars.

Je l'avais en vue lorsqu'il a soudainement traversé une lumière orange qui m'a obligé à m'arrêter et à le regarder disparaître.

"Salope... il l'a fait exprès", ai-je crié à personne.

J'ai attendu que le feu passe au vert pendant ce qui m'a semblé une éternité, puis je suis parti aussi vite que possible, croyant l'avoir perdu.

"La voilà, vas-y." Je me suis crié... elle a dû rester coincée dans la circulation ou peut-être qu'elle s'était arrêtée.

Je l'ai suivie juste après cet arrêt, puis quelques kilomètres plus tard, elle a finalement tourné à droite sur une route secondaire, connue pour ses maisons chères et ses superbes vues, car il s'agissait de terrains au bord du lac.

Nous roulions à une vitesse beaucoup plus lente.

Il ne veut probablement pas que les voisins remarquent quoi que ce soit, pensais-je.

Puis il a tourné à droite dans une route qui avait une immense maison au bout et ma première pensée a été que j'étais perdu... mais il est allé au garage et a ouvert la porte avant que j'y arrive.

Elle a laissé la voiture sur le côté gauche et j'ai roulé à côté d'elle sur le côté droit.

A peine suis-je entré dans le garage que la porte a commencé à se fermer, j'ai éteint la voiture et je suis sorti.

Elle a ouvert une porte de la maison principale et m'a fait signe de la suivre, ce que j'ai fait, mais avec hésitation.

Je me suis essuyé les pieds sur une natte, je suis entré dans la maison et j'ai fermé la porte derrière moi.

Puis je me suis tourné vers Lucy.

"Sais-tu que tu vis à cinq miles de chez moi..."

Gifle... Gifle... Gifle... elle m'a giflé durement les joues.

"Comment oses-tu me parler comme tu l'as fait ? Tu ne me poseras plus jamais de questions, un connard sans valeur comme toi ! Tu me comprends, Peter ?"

J'ai été choqué, je ne m'attendais pas à cela.

"Ouais je suppose."

Il m'a attrapé par le devant de ma chemise... gifle, gifle... gifle.

Elle m'a encore frappé et cette fois j'ai essayé de me protéger et j'ai attrapé son poignet... juste par réflexe, mais j'ai réalisé que c'était stupide et j'ai vite lâché prise.

"Oh merde, je suis foutu", ai-je pensé et j'ai attendu qu'elle me dise de partir.

"A genoux MAINTENANT Peter!" Dit-il fort en attrapant mes cheveux et en me forçant à descendre.

"Tu as mérité une petite punition, esclave." Elle a dit.

Elle m'a traité d'esclave et je pensais qu'elle faisait ça depuis 20 minutes.

Mes genoux étaient joints, mes mains étaient de chaque côté, pour me stabiliser, et je la regardais.

Elle m'a regardé puis m'a donné de violents coups de pied là où mes genoux se touchaient.

"Écarte ces genoux, salope!"

J'ai fait ce qu'on m'a dit.

Elle a ensuite placé le bout de son pied droit sur ma bite et l'a appuyé fort.

"Ne l'oublie pas encore, Peter. Aussi, baisse ta putain de tête et regarde le sol. Mets tes mains sur tes cuisses, paumes vers le haut, dans la bonne position pour un esclave.

"Vous avez gagné quinze coups d'esclave que vous recevrez au début de notre séance. Cinq pour avoir été insolent lorsque vous m'avez demandé où diable j'étais. Cinq pour avoir mal répondu en ne me parlant pas avec respect et en ne m'appelant pas Maîtresse ou Maîtresse. Lucy. Vous le ferez. Vous le ferez toujours lorsque vous n'êtes pas en public, c'est-à-dire dans une voiture ou dans une maison... que ce soit ici ou dans une pièce privée. Cinq, c'est pour m'avoir touché sans approbation lorsqu'il m'a attrapé le poignet. Si vous le faites encore une fois, tu seras puni au-delà de tes limites, car je dois me protéger. Comprends-tu pourquoi tu es puni, Peter ?

Je l'ai regardée en face du mieux que j'ai pu et j'ai dit :

"Oui je le comprends".

Elle m'a attrapé fermement par les cheveux et m'a regardé dans les yeux.

"Ce sera encore cinq fessées pour m'avoir désobéi en levant les yeux et en faisant preuve d'un manque de respect en ne me référant pas à Maîtresse. Me comprenez-vous, Peter ?"

Baissant les yeux et la tête du mieux que je pouvais, même si elle me tenait toujours par les cheveux, je dis :

"Oui, Maîtresse Lucy, je comprends."

"Hier, nous avons discuté du fait que tu devenais mon pénitent et mon esclave sexuelle, et que tu avais besoin d'une formation. Est-ce exact, Peter ?"

"Oui, madame, c'est exact."

"Vous avez déclaré que vos limites n'étaient pas des adolescents ou moins, pas de sang, pas d'épingles, pas d'aiguilles, pas de marques permanentes. Est-ce exact, Peter ?"

"Oui, madame, c'est exact."

« Vous êtes-vous nettoyé ce matin avec la méthode de lavement rapide dont nous avons discuté ? »

"Oui, Mme Lucy, je l'ai fait exactement comme vous me l'avez dit."

"Es-tu toujours intéressé à devenir mon pleureur et mon esclave sexuel Peter ?

"Oui, madame, plus que jamais."

Puis il a lâché mes cheveux en regardant le sol.

J'ai l'impression d'avoir sauté dans les profondeurs de la piscine et de ne pas avoir appris à nager.

"Eh bien, voyons si vous pouvez être formé. Levez-vous et videz toutes vos poches, enlevez votre montre et vos bagues et posez tout sur la petite table !" ce qu'elle a souligné. "Alors enlève tes chaussures et pose-les par terre à côté de la table."

J'ai fait tout ce qu'il m'a dit aussi vite que possible et comme c'était ma première chance, j'ai regardé autour de la maison.

C'était dans le hall principal, non loin des marches qui menaient au sous-sol.

J'ai regardé la Dominatrice sans établir de contact visuel et j'ai vu qu'elle était toujours dans son manteau et ses bottes en cuir.

Mon Dieu, elle est encore plus belle que la photo qu'elle m'a envoyée.

Cheveux blonds foncés courts avec une frange dans les yeux, j'ai hâte de découvrir à quoi ressemble le reste d'elle, je pensais.

"Maintenant Peter, tu vas enlever tous tes vêtements pour une inspection ; les mains derrière la tête, la tête baissée et les jambes bien écartées. MAINTENANT, putain de salope, pas demain !"

Je me suis déshabillé aussi vite que possible et je suis resté nu pour m'inspecter.

En baissant les yeux, j'ai vu ma bite commencer à grandir en prévision de la réalisation de mes rêves.

Mon Dieu, comme j'aimerais qu'il me fasse jouir maintenant, pensai-je.

"Quand j'ai dit que je voulais que tes jambes soient bien écartées, je le pensais vraiment. Maintenant, écarte les jambes. PLUS LARGE ! Espèce d'idiot, idiot. Et tu peux oublier d'avoir un orgasme à tout moment dans un avenir proche, esclave. Je, je serai le un seul pour déterminer quand vous en recevrez un.

"Je suis désolé madame... oui madame", lâchai-je en regardant ma bite dure.

Puis il a enlevé mes vêtements et a marché lentement autour de moi.

Elle a d'abord pincé un mamelon, puis la tête de mon pénis, en la serrant fort alors qu'elle gémissait entre ses dents serrées.

Elle a ri en me testant plusieurs fois.

"Maintenant, esclave Pierre, tu vas rassembler tous tes vêtements et descendre au sous-sol. Ouvre la première porte à droite, entre et ferme la porte. N'allume aucune lumière... Là, au centre de Dans la pièce, vous trouverez un sac de sport avec des instructions sur le dessus. Allez directement au sac, lisez les instructions et suivez-les exactement. Vous avez 20 minutes pour accomplir cette tâche et je surveillerai chacun de vos mouvements avec la caméra. Avez-vous tu comprends Pierre ? »

"Oui, Mme Lucy, je comprends."

"Alors vas-y, mon garçon, tu as déjà utilisé 20 secondes."

Aussi vite que possible, j'ai rassemblé mes vêtements, j'ai descendu les escaliers en courant, j'ai ouvert la première porte à droite, je suis entré et je l'ai fermée derrière moi.

"Qu'est-ce que je me suis fourré, je suis vraiment foutu."

Oui, j'ai définitivement sauté dans un abîme profond.

CHAPITRE II

Ce n'était pas censé aller si vite, pensai-je en m'assurant que la porte était fermée.

Appuyant ma tête contre la porte, j'ai fermé les yeux et je me suis demandé si cela se produisait réellement.

Un professionnel de 40 ans, comme moi, divorcé, réalisait enfin son fantasme.

J'avais découvert un monde complètement nouveau.

Là, au centre de la pièce, avec un seul projecteur allumé au plafond, se trouvait un tapis noir surmonté d'un sac de sport, un sac Nike en fait.

Je me suis rapidement approché d'elle et j'ai senti la froideur du sol en béton sur mes pieds.

Peut-être qu'il était dans son donjon.

Au sommet du sac se trouvait un morceau de papier plié sur lequel était écrit « Esclave Peter », moi, mais comment avait-il su que je serais là ?

J'ai pris la note et j'ai commencé à la lire.

L'esclave Pierre

Salope, tu vas te mettre à genoux tout de suite pour lire cette note.

Suivez les instructions à la lettre et soyez rapide car votre temps est compté.

Je me suis rapidement agenouillé et j'ai regardé autour de moi, mais il n'y avait pas de lumière dans le reste de la pièce ; juste la lumière qui brille sur moi pendant que je lis la note.

1. Empilez soigneusement vos vêtements à côté du sac.

2. Sortez tout du sac et mettez-y vos vêtements.

3. Mettez le collier, assurez-vous qu'il est bien serré, puis verrouillez-le.

4. Mettez le harnais de sécurité et fixez toutes les boucles et l'anneau de marteau. Ils doivent tous être serrés.

5. Attachez les poignets et les chevilles et fixez-les avec un cadenas. Chacun est marqué quant à l'endroit où il doit aller et doit être bien serré.

6. Verrouillez les chevilles avec la chaîne de 6 pouces et les cadenas.

7. Boucle sur la mâchoire. Il s'agit d'une mâchoire ouverte et doit être très serrée.

8. Vérifiez la zone et mettez tout ce que vous n'avez pas utilisé à l'intérieur du sac.

9. Mettez le bandeau et attachez-le bien !

10. Verrouillez les poignets ensemble.

11. Prenez la position esclave et attendez.

En lisant la note, je suis tombé à genoux alors que j'essayais de localiser chaque article dans le sac, et finalement, frustré d'essayer de les localiser, j'ai simplement jeté le sac devant moi.

Quand j'ai vu tout cela, j'ai vraiment cru que d'autres viendraient puisque tout cela ne pouvait pas être juste pour moi.

Soudain, d'un haut-parleur juste au-dessus de moi, est venue sa voix, forte, grave et lourde.

"IL VOUS RESTE 15 MINUTES."

Ce rappel a déclenché un mode panique en moi et j'ai rapidement rassemblé mes vêtements, les ai jetés dans le sac et l'ai fermé.

Ensuite, j'ai parcouru la pile de lanières de cuir jusqu'à trouver le collier.

Bon sang, c'est un collier punitif.

J'ai regardé l'épais collier noir de quatre pouces de haut et je me suis demandé comment j'allais l'enfiler, jusqu'à ce que je remarque qu'il y avait un petit cadenas ouvert qui passait dans un trou dans la goupille extra-large de la boucle.

Maintenant, j'ai compris comment il devait être utilisé et j'ai retiré le verrou.

En levant la tête, je l'ai placé autour de mon cou de manière à ce que l'ouverture soit à l'arrière et un anneau en D à l'avant et je l'ai fixé dans une position confortable.

J'ai ensuite mis le cadenas dans le trou d'épingle et je l'ai verrouillé.

Là, cette foutue chose est assise, pensai-je.

Suivant ?

Heureusement, j'avais passé du temps à faire des recherches sur le sujet des jouets de domination et j'avais vu plusieurs harnais de corps annoncés en ligne. J'ai donc pu le localiser rapidement et, après l'avoir tenu un instant, j'ai décidé qu'il s'agissait d'un harnais de torse.

Aussi vite que possible, j'ai déterminé l'avant par l'arrière, je l'ai jeté autour de moi de manière à ce que les anneaux principaux soient à l'arrière et que la plupart des boucles de réglage soient à l'avant.

Heureusement, les deux sangles qui faisaient le tour de chaque côté de mon cou étaient lâches, ce qui a aidé à positionner l'avant par rapport à l'arrière, ainsi que le fait que l'anneau pénien pendait également à l'avant.

Ces deux bretelles se rejoignaient en anneau devant et derrière à un niveau juste en dessous de mes seins.

De là, une seule sangle menait à un autre anneau au niveau du haut de mes hanches et de cet anneau à l'avant, une autre sangle maintenait l'anneau pénien avec la sangle attachée en dessous.

Les anneaux avant et arrière maintenaient les sangles pour relier les côtés de l'avant à l'arrière.

Après quelques secondes de retournement, j'ai décidé de relier les sangles latérales de l'anneau sous mes seins et de les boucler jusqu'à ce qu'elles soient serrées, mais pas trop.

J'ai ensuite répété la même chose avec les sangles latérales sur mes hanches.

Cela commençait à être difficile car cette ceinture cervicale me maintenait la tête haute et je ne voyais pas bien ce que je faisais.

L'anneau pénien était le suivant et je savais qu'il faudrait le faire simplement en le sentant sans pouvoir le regarder.

Mon Dieu, j'aurais aimé exagérer les mensurations de ma bite quand Lucy les a demandées.

Il ne m'accroche plus aussi bien maintenant et je ne m'attendais pas à ce qu'il y ait un problème jusqu'à ce que je sois capable de tenir l'anneau pénien pour pouvoir le voir.

Bon sang, c'est petit !

Comment vais-je y obtenir mes pièces ?

Je l'ai pris une balle à la fois et j'ai eu de la chance que ma bite soit lâche à ce moment-là et que j'ai pu faire passer la tige dans l'espace restant.

Un peu de lubrifiant aurait aidé, mais il n'y en a pas eu.

J'ai serré la sangle du cockring sur l'anneau de hanche, puis j'ai pris la sangle restante du cockring, en la plaçant entre mes jambes et l'arrière de ma hanche sur mon dos, puis, avec mes bras derrière moi, je l'ai boutonné du mieux que j'ai pu.

Dès que j'ai fait cela, j'ai commencé à avoir une érection, avec pour résultat que la douleur à la base de ma bite et de mes couilles était étonnamment fantastique.

J'ai ensuite resserré chaque sangle et répété le processus encore et encore jusqu'à ce que je sente qu'elles étaient aussi serrées que nécessaire.

L'ensemble du processus a maintenu ma bite en érection jusqu'au moment où il était terminé.

La voix de Lucy provenait à nouveau du haut-parleur du plafond et elle semblait plus dominante qu'avant.

"ESCLAVE, IL VOUS RESTE 5 MINUTES."

"Non, ce n'est pas possible, madame. Ce n'est pas possible." J'ai protesté.

" VOUS AVEZ 5 MINUTES. DÉPÊCHEZ-VOUS. "

Aussi vite que possible, je me suis positionné et j'ai verrouillé les poignets et les chevilles, indiquant où chacun devait aller.

J'ai ensuite trouvé la chaîne et l'ai attachée à mes poignets de cheville avec des cadenas attachés aux anneaux en D de chaque brassard.

Tout cela n'était pas une mince affaire puisque ce foutu collier de punition limitait ma vue.

Puis le gag !

C'était du cuir épais et il y avait une grande ouverture pour laisser passer mes lèvres et mes dents.

Lorsque je l'ai essayé pour la première fois, j'ai pensé qu'il devait y avoir une erreur car je n'arrivais pas à mettre ma bouche sur l'anneau qui saillait du premier coup.

J'ai réessayé et j'ai enfoncé mes dents dans l'anneau, mais c'était douloureusement inconfortable.

Je l'ai bien boutonné pour être sûr qu'il ne se détache pas.

Mon Dieu, le trou était assez grand pour un bon membre, mais j'espérais ne jamais le recevoir. Pourquoi n'ai-je pas mis cela sur ma liste de limites ?

Après avoir trouvé le bandeau, j'ai tout ramassé, je l'ai placé dans le sac et je l'ai fermé.

J'ai fixé le bandeau et juste au moment où je le fixais, le haut-parleur de plafond a pris vie.

" VOTRE TEMPS EST FINI. MAINTENANT VOUS ÊTES MON ESCLAVE. "

Oh merde, j'ai oublié de verrouiller mes poignets, j'ai crié dans le bâillon.

Désespérément, j'ai trouvé le sac, je l'ai ouvert et après ce qui m'a semblé une éternité, j'ai trouvé un cadenas ouvert.

Rapidement, mais avec difficulté et cela a dû me prendre 2 minutes ou plus, j'ai pu attacher les menottes derrière mon dos.

Puis je me suis agenouillé là, en totale soumission, les genoux écartés.

Oh non! Je n'ai pas fermé le sac.

Je suis resté agenouillé là pendant ce qui semblait être le temps le plus long du monde alors que j'écoutais la porte s'ouvrir et se fermer.

Il n'y avait pas un bruit ; il n'a rien dit.

Les bottes claquèrent sur le sol et je sus au mouvement de l'air sur mon corps et à l'odeur de son parfum qu'elle était proche.

Mon Dieu, ça sentait fantastique.

Cela faisait des années que je n'avais pas eu une femme comme ça si près de moi.

Je pouvais entendre le cuir de ses bottes, pensai-je et imaginai qu'il inspectait le sac.

Je pouvais sentir le cuir qu'il portait et j'ai commencé à m'exciter en m'agenouillant en signe de soumission.

Ploc !

"Agrrrrrrrrrrr", gémis-je après avoir reçu un coup de pied dans les couilles qui me faisait plus mal que toute autre douleur que j'avais jamais reçue dans ma vie.

La douleur inattendue a forcé mes genoux à se rapprocher.

"Tu m'as désobéi, espèce de merde sans valeur. Écarte ces genoux MAINTENANT !"

J'ai lentement obéi et j'ai éloigné mes genoux en m'attendant à recevoir un autre coup, mais rien n'est venu.

J'ai murmuré dans le bâillon un "Désolé Maîtresse" indiscernable.

"Tu me déçois, Peter. Tu as échoué à ta première mission et par conséquent, tu ne recevras ta fessée qu'à la fête de ce soir et elle sera triplée."

Faire la fête ? De quoi tu parles ?

J'ai soudainement pensé et Lucy a dû sentir mon inquiétude à cause d'un mouvement de mon corps.

"Je vais inviter certains de mes amis ce soir. Veux-tu y assister en tant qu'esclave, Peter ? Tu seras l'attraction principale ; en fait, ce soir, tu seras la seule attraction. Eh bien, es-tu intéressé ? ?"

J'essayais d'absorber toutes ces nouvelles informations quand... gifle... sa main atterrit sur ma joue gauche.

Merde, ça fait mal.

"Je t'ai posé une question, Peter. Êtes-vous intéressé ? Sinon, votre service se termine maintenant !"

Du mieux que j'ai pu, j'ai secoué la tête pour indiquer que j'étais intéressé et j'ai murmuré dans le gag :

"S'il vous plaît, laissez-moi assister à votre fête, Maîtresse Lucy."

"Très bien Peter, tu seras autorisé à rentrer chez toi et à te préparer pour la fête, mais d'abord nous avons quelques choses à régler ici et maintenant. Tu n'as pas très bien suivi les instructions, n'est-ce pas ? Tu n'es pas parti n'importe quel jouet pour notre séance, ton collier est "Je me lâche et je suis excitée comme l'enfer. Très mauvaise salope parce que j'ai l'intention d'être très dur avec toi ce soir pour ça."

Il m'a ensuite attrapé par les cheveux et a tiré ma tête en arrière au point où je pouvais imaginer qu'il regardait mon visage bâillonné et mes yeux bandés.

"Dans quelques minutes, ma pute, tu ne seras plus aussi désobéissante", dit-il d'une voix grave et autoritaire.

Je savais ce qu'il voulait dire et je me suis agenouillé en silence après qu'il m'ait lâché la tête.

"D'abord, je dois t'apprendre à toujours respecter et obéir à ta Maîtresse."

Le bruit de ses bottes indiquait qu'il s'était éloigné et bientôt j'entendis quelque chose traîner dans ma direction.

Puis je l'ai sentie à côté de moi et j'ai aussi senti quelque chose bouger devant moi.

Sa main était à l'arrière de ma tête, défaisant le bandeau qui se décollait lentement et je clignai des yeux plusieurs fois pour m'adapter à la lumière.

Devant moi se trouvait le côté d'un banc en bois noir qui devait mesurer quatre pieds de long avec un dessus en cuir rembourré noir d'environ deux pieds de large.

La pièce était maintenant entièrement éclairée et en regardant autour de moi, j'ai remarqué tous les objets en cuir et les fouets suspendus aux murs ainsi que toutes les chaînes et cordes suspendues au plafond.

Quand j'ai tourné la tête plus à droite, ELLE ÉTAIT LÀ.

Oh merde, elle est si belle, pensais-je.

Elle portait toujours ses bottes en cuir noir, mais elle ne portait qu'un petit corset en cuir noir qui couvrait la zone allant de ses hanches juste en dessous de ses seins, et une paire de gants en cuir noir.

J'ai immédiatement commencé à durcir.

"Lève-toi, esclave, penche-toi sur le banc", ordonna-t-il.

Honnêtement, j'ai essayé de me relever, mais j'étais raide à cause de tout le temps passé à genoux et les freins de chaîne sur mes chevilles rendaient cela impossible.

Peu importe ses efforts, il tombait toujours à genoux ou tombait d'un côté ou de l'autre.

"Oh, putain", a-t-elle crié et je savais qu'elle était en colère par l'expression de son visage et le ton de sa voix.

Soudain, il a semblé sursauter et a attrapé l'anneau sur mon cou.

Bon sang, ça fait mal, me suis-je dit en me levant brusquement et sur le banc, me donnant des coups de pied dans les chevilles.

Quand je gémissais, tout ce qu'elle disait c'était :

« Habitue-toi à ça, mon garçon ! Ce soir sera pire.

Après m'avoir jeté sur le banc, il m'a attaché avec une corde depuis l'anneau autour de mon cou jusqu'à un œillet au bas du banc, de sorte que de la tête aux épaules, j'étais penché sur le banc.

Du coin de mon œil droit, je pouvais voir Ma Maîtresse prendre une lanière de cuir qui était accrochée au mur avec de nombreuses autres lanières.

Il mesurait peut-être trois pouces de large et n'était pas très épais, et j'étais heureux que ce ne soit pas la corde du barbier qui pendait encore au mur.

Gifle... gifle... gifle.

Elle a jeté la sangle contre mes fesses pendant ce qui m'a semblé une éternité.

Lorsque j'ai essayé de bouger pour échapper à la contrainte, elle m'a tenu avec mes poignets menottés et a levé mes bras pour arrêter mon mouvement.

Finalement, il finit et sa main caressa mes fesses alors qu'il se penchait et me léchait l'épaule.

"Tu dois toujours m'obéir, Peter. Tu comprends ?"

J'ai marmonné un Oui AMA dans mon bâillon alors qu'il se dirigeait vers le sac de sport posé sur le sol.

Puis, en le parcourant et en réfléchissant à ce qu'il cherchait, il en sortit une ceinture en cuir sur laquelle se trouvait un gode noir.

Je l'ai regardée le tenir rapidement autour de sa taille et entre ses jambes jusqu'à ce qu'il se sente en sécurité et au bon endroit.

Puis elle a marché lentement d'avant en arrière pour s'assurer que je pouvais voir ce qui allait se passer et s'est tenue devant moi.

Levant ma tête par mes cheveux, il guida le gode jusqu'à mon bâillon.

"Esclave, j'ai choisi le plus petit gode avec lequel je dois te baiser. J'espère que tu apprécieras mon geste. MAINTENANT, suce-le pour qu'il soit apprêté et mouillé. J'utiliserai également un lubrifiant pour que tu puisses profiter de ce moment, notre première ensemble."

Alors qu'elle mettait lentement le gode dans le trou du bâillon, j'ai essayé de le contenir avec ma langue du mieux que je pouvais, puis je l'ai fait tourner pour l'humidifier.

Le sucer était hors de question, mais il savait que ce serait une exigence à l'avenir ; peut-être même ce soir.

La dame a alors sorti son jouet de ma bouche et s'est levée, où elle a ouvert la chaîne sur mes chevilles et écarté mes jambes jusqu'à ce que je pense que j'allais me diviser en deux.

Puis j'ai senti ses mains gantées défaire la sangle qui passait entre mes jambes.

Elle écarta mes fesses alors qu'elle pénétrait lentement dans mon territoire inexploré.

"Oh oui", a-t-il crié à plusieurs reprises alors qu'il se poussait contre moi, puis il commençait à me baiser sérieusement avec une main sur chacune de mes hanches.

Je n'y avais pas prêté attention auparavant, mais maintenant je réalisais que ma bite était dure et qu'elle se frottait contre le banc pendant que mon amant me baisait.

Elle a également remarqué ma croissance et une main s'est dirigée vers ma bite en la serrant fort.

"Oh, espèce de petit jouet. Il va nous plaire à tous ce soir, mais souviens-toi, si tu jouis, tu devras le lécher. Oh, oui, petite salope, putain, oh, tout va bien."

Puis après quelques minutes, il s'est retiré de moi et m'a tenu les épaules tout en posant sa tête sur mon dos.

Sa respiration était très rapide et il savait qu'elle était heureuse.

"Tu es à moi Peter, tout à moi, ne me quitte jamais. Je t'ai cherché toute ma vie."

Après qu'elle m'ait détaché, je me suis agenouillé devant elle et je l'ai regardé ouvrir et sortir tout ce que j'avais apporté en tant qu'esclave.

Quand j'étais complètement nue, j'ai pris la position d'esclave et je l'ai regardée se diriger vers une autre armoire et sortir un sac en velours noir.

Elle est revenue et s'est placée devant moi.

" Peter, ce sac contient tout ce que tu dois porter ce soir. Tu ne dois rien porter d'autre à partir du moment où tu quittes ta maison et ta voiture sera fouillée pour s'assurer que tu as obéi. Tu peux aussi être suivi par un de mes amis . ta maison à la fête, mais vous ne le saurez jamais, il faut donc être prévenu : vous ne devez pas ouvrir le sac avant 17h00 et vous devez entrer dans le garage à 18h00 précises, regardez devant vous et attendez que quelqu'un vienne vous chercher. Maintenant, vous allez vous habiller, rentrer chez vous, vous reposer, manger un repas léger et nettoyer votre corps à l'intérieur avant de vous habiller pour la fête. Oh, et autre chose, vous vous raserez non seulement le visage, mais aussi le reste de votre corps. " Seuls les cheveux du dessus de ta tête, tes sourcils et tes cils sont autorisés. Comprenais-tu ce qu'on attend de toi mon esclave ou dois-je me répéter ? "

"Je comprends Maîtresse Lucy."

"Très bien Peter. Maintenant, lève-toi."

J'ai obéi et soudain elle était près de moi.

Je pouvais sentir ces seins fantastiques sur ma poitrine ; Sa chaleur était charmante et son geste totalement inattendu.

Il a doucement placé une main derrière ma tête et l'a amenée vers la sienne jusqu'à ce que nos lèvres se rencontrent puis se séparent tandis que nos langues se battent en duel et que nous nous tenons dans les bras l'un de l'autre tandis que nos corps tentent de ne plus faire qu'un.

Alors qu'elle s'éloignait, elle remarqua ma bite au garde-à-vous et sourit.

"Oh, Peter, encore une chose. Ne joue jamais avec toi-même sans permission ! Maintenant, va te préparer pour la fête."

CHAPITRE III

J'ai vérifié à nouveau ma montre pour ce qui semblait être la millionième fois au cours de la dernière heure et j'ai finalement pensé qu'il était presque temps d'ouvrir le sac.

Tout avait été fait comme demandé par Lucy.

Il n'y avait qu'un court trajet de huit kilomètres entre sa maison et la mienne, ce qui était surprenant puisque nous ne nous étions jamais rencontrés auparavant.

C'était notre première vraie rencontre qui était allée bien plus loin que ce à quoi je m'attendais et je savais que j'étais amoureux d'elle et qu'elle me laisserait faire d'elle tout ce que je voulais.

Mon Dieu, j'étais excitée , mais je me suis assise là et j'ai essayé d'obéir à son ordre de ne pas jouer avec moi sans sa permission.

Normalement, après la matinée que je venais de passer, ma main droite jouait avec tout, mais ce n'était pas le cas maintenant.

Là enfin, il était cinq heures de l'après-midi et je dénouai le cordon du haut du sac en velours noir que la dame m'avait offert.

Mon rythme cardiaque semblait doubler en prévision de ce que je devais trouver et j'ai fermé les yeux en fouillant dans le sac.

J'ai senti la froideur du métal et la chaleur du cuir et du caoutchouc alors que ma main attrapait tout ce qu'il y avait dans le sac et le jetait sur le lit.

Sur le lit se trouvait tout ce que je devais porter cette nuit-là, composé d' un collier, d'un petit harnais et d'un tube de lubrifiant avec un plug anal.

Dieu merci, il était petit, ai-je pensé en le voyant.

Immédiatement, j'ai commencé à m'habiller en prenant d'abord le collier et en déterminant comment je pensais qu'il devrait être porté.

Il était similaire à celui que j'avais eu plus tôt dans la journée, sauf qu'il ne mesurait que deux pouces de haut et qu'il était doté de trois anneaux en D : un devant et un de chaque côté.

Il y avait un cadenas ouvert attaché et sachant comment il fonctionnait, je l'ai mis tout de suite et je l'ai bouclé aussi fort que possible sans m'étrangler, puis j'ai attaché et fermé le cadenas en me regardant dans un miroir pour ne pas faire d'erreur. .

Ensuite, j'ai regardé le harnais dans différentes positions et j'ai finalement compris.

Je garderais à la fois le plug anal en place, ainsi que mes privations, puisque ce foutu petit anneau pénien était à nouveau là.

Je me suis tenu devant le grand miroir de ma chambre et j'ai remarqué que depuis que j'avais rasé tous mes poils pubiens, ma bite était deux fois plus grosse, même lorsqu'elle y pendait mollement.

J'ai mis un sourire sur mon visage et j'espérais que ma maîtresse serait également heureuse lorsqu'elle me reverrait.

Le harnais était similaire au harnais de sécurité qu'il avait porté plus tôt dans la journée.

Il devait être porté au niveau des hanches et comportait deux bretelles rabattables de chaque côté reliées à un anneau métallique à l'avant et à l'arrière.

J'ai bien attaché ces sangles, puis je suis passé à la partie la plus dure en poussant d'abord mes couilles puis ma bite à travers ce foutu anneau que je savais que Lucy avait placé trop petit.

Quand je les ai passés à travers le ring, je me suis regardé à nouveau dans le miroir et j'ai pensé à quel point c'était beau.

Ce devrait être le hit de la fête.

Mes genoux ont commencé à trembler un peu alors que je pensais à ce que je devais faire ensuite, car ce serait la première fois que j'utilisais un plug anal.

J'ai pris le lubrifiant et j'en ai mis suffisamment au bout pour le frotter immédiatement dans mon trou du cul et son ouverture initiale.

Ensuite, j'ai mis autant de lubrifiant que possible sur le plug, j'ai écarté les jambes, je me suis accroupi un peu et je l'ai lentement mis sur mes fesses.

Le plug avait une base plate qui l'empêchait de m'aspirer complètement et un excès de lubrifiant suintait autour de lui.

C'est entré plus facilement que je ne l'avais pensé et j'ai pris un mouchoir et essuyé l'excès de lubrifiant avant de retirer la sangle du harnais de l'anneau pénien entre mes jambes et de l'attacher à l'anneau arrière.

Le harnais avait une pochette pour le plug anal, mais comme je l'avais remarqué trop tard, je l'ai simplement laissé enroulé autour du plug anal en espérant qu'il le maintiendrait dans mes fesses avec tout bien serré.

J'ai vérifié l'heure et j'ai réalisé qu'il était temps de partir et c'est à ce moment-là que j'ai réalisé que j'allais conduire presque nu et je me suis dit de ne pas enfreindre le code de la route sinon je devrais m'expliquer.

J'espérais que personne ne me dépasserait ou ne s'arrêterait à côté de moi.

Mon garage avait une entrée directe depuis ma maison et grâce à l'ouvre-porte de garage automatique, j'étais sûr que mes voisins ne remarqueraient rien d'inhabituel.

Dieu merci pour les vitres teintées.

J'ai mis une serviette sur le siège conducteur et mon portefeuille et mon permis étaient déjà dans la boîte à gants lorsque j'ai parcouru la liste de contrôle dans mon esprit.

J'aurais aimé que ce soit l'hiver et que tout soit sombre, mais c'était une chaude journée d'été et l'obscurité ne viendrait pas avant 3 heures.

Je me suis ensuite éloigné de la maison après m'être assuré que le garage était fermé.

Qu'est-ce que je fais, cela ne fait que quelques heures depuis notre première rencontre, pensai-je alors que je conduisais lentement vers sa maison en regardant la circulation et en le sentant se connecter en moi.

Je vérifiais continuellement dans le rétroviseur la présence de la police et de toute autre personne qui me suivait.

Il n'y avait pas de police en vue, mais il semblait y avoir une petite voiture de sport noire qui me suivait à distance, mais je n'en étais pas absolument sûr.

Ah, je l'ai fait !

Je n'ai crié après personne, mais presque, alors que je m'engageais dans l'allée et me dirigeais vers le garage.

Quand je suis arrivé au garage, j'ai réalisé que j'étais presque cinq minutes en avance et, ne sachant pas quoi faire, je me suis simplement arrêté là où j'étais censé et j'ai coupé le moteur.

Je suis resté assis là à réfléchir et à me convaincre que tout allait bien.

J'ai enlevé ma montre et l'ai posée sur le siège à côté de moi.

La porte du garage s'est fermée derrière moi et mon cœur a commencé à battre plus vite avec le durcissement de ma bite.

Puis je me suis assis dans la chaleur de mes mains sur mes cuisses, attendant ce qui m'a semblé une éternité.

J'ai entendu la porte de la maison s'ouvrir, et en regardant l'horloge sur le siège, j'ai vu qu'il était l'heure cinq minutes.

Cela a dû être une excitation car je me suis retourné pour voir une femme franchir la porte et se diriger vers moi.

Elle avait la taille d'une Amazone, mais elle n'était pas grosse, elle était juste grande, à peu près de ma taille, pensais-je, très attirante, ses cheveux bruns attachés en tas sur le dessus de sa tête comme une queue de cheval floue égarée.

Et la pute avait la plus grosse paire de seins que j'aie jamais vue.

Attends une seconde, ai-je pensé.

Je l'ai déjà vue.

Elle travaille au magasin d'alcool.

Je l'ai regardée s'approcher de la porte et je l'ai ouverte par réflexe pour la saluer.

"Sortez votre putain de main de la porte et regardez droit devant vous. Vous êtes un esclave ! Asseyez-vous et obéissez." Elle a commandé.

J'ai immédiatement retiré ma main de la porte et je suis resté assis là, essayant de revoir ce qui venait de se passer.

Elle doit être une maîtresse.

Il faut lui obéir, pensai-je.

La porte s'est ouverte complètement et j'ai regardé vers la gauche sans bouger la tête et je me suis retrouvé à regarder une belle paire de cuisses.

Sa chatte non rasée était recouverte d'un tissu rouge qui faisait un quart de la taille d'un mouchoir et pendait à une fine corde dorée sur ses hanches.

Elle portait autour de son cou un collier en cuir mesurant moins d'un pouce de haut et portant l'inscription Slave en lettres dorées.

"Tu aimes ce que tu vois dans le cul ? Je t'ai dit de regarder droit devant toi."

"Oui, madame. Je suis désolé, madame." J'ai répondu.

Gifler ...

Elle m'a menotté sur le côté de la tête avec sa main droite.

"Je ne suis pas une maîtresse, mais vous devez m'obéir jusqu'à ce que j'accomplisse mes devoirs. Vous pouvez m'appeler Cindy ou esclave Cindy. Comprenez-vous ?" elle a demandé.

"Oui, esclave Cindy. Je te comprends, salope !"

"Oh, l'esclave est devenu fou", rit-il et ajouta, "tu ne vas pas bientôt rire, mon garçon. As-tu déjà servi à une fête ?"

"Non, c'est mon premier jour avec Lucy." J'ai répondu

Gifle... cette fois, sa main s'est posée sur ma bouche.

"Ce n'était rien comparé à ce qui va arriver. Vous ne serez appelée Mme Lucy que si vous êtes en public. Comprenez-vous ?"

"Oui, esclave Cindy." J'ai répondu et j'ai hoché la tête pour l'indiquer.

Il a ensuite saisi l'anneau en D sur le côté gauche de mon cou et a montré sa force, me sortant rapidement et brutalement de ma voiture et tenant l'anneau au niveau de la taille pendant qu'il fermait la portière.

J'avais oublié le plug dans mes fesses, qui commençait à me faire un peu mal, et j'ai poussé un gémissement pour l'indiquer, ce qui a seulement poussé Cindy à secouer le cou pour me dire d'arrêter.

En me frottant contre elle, j'ai senti sa douceur, j'ai senti son odeur et pendant une seconde j'ai pensé à lui sauter dessus, mais une traction sur mon cou a fait sortir ces pensées de mon esprit.

Il y avait une porte à l'arrière du garage, qu'il a ouverte et m'a fait passer.

Nous sommes entrés dans ce qui ressemblait à une buanderie avec des tondeuses à gazon et autres d'un côté et une salle de sport à domicile de l'autre.

Il y avait une fenêtre qui donnait sur un très grand, beau et privé jardin, que je découvrirais bientôt, qui s'étendait sur tout l'arrière de la maison et de la propriété.

C'était extrêmement privé et donnait sur le lac depuis leur terrasse, qui se trouvait à environ trente pieds au-dessus du rivage.

Il n'y aurait aucun voisin au loin qui pourrait entendre quoi que ce soit.

"Penchez-vous et placez vos mains sur le banc", ordonna-t-il puis ordonna à nouveau, "écartez les jambes d'un mètre."

Une courte chaîne bancaire dotée d'un crochet de sécurité était attachée au collier pour rappeler de ne pas bouger.

Cindy a ensuite écarté mes jambes et défait l'arrière du harnais pour lui donner accès au plug anal.

"Je t'ai vu au magasin d'alcool du centre commercial", lui ai-je dit.

Gifle... gifle... gifle.

Cindy a posé sa main fort sur mes fesses.

"Connard, nos vies privées sont nos vies privées et ne devraient jamais être discutées lors de vos réunions avec un amant ou lors de toute réunion du groupe Pleasure of Pain. Comprenez-vous cela, Peter ?"

"Oui, Cindy, je comprends. C'est le groupe de ce soir, Pleasure of Pain ?"

"C'est comme ça qu'on l'appelle, Plaisir de la Douleur, et tu ne devrais jamais en prendre note ni en parler dans ta vie privée."

Soudain... "Agggggggggg", gémis-je alors qu'il retirait le plug anal sans avertissement.

"Vous, les débutants, ne réussissez jamais", dit-il en tenant la casquette devant mon visage. "C'est censé aller d'abord dans la pochette du harnais, puis dans son anus. Comme ça."

"Aggggggg"... putain... elle l'a percuté exprès, pensai-je.

Après avoir attaché à nouveau le harnais, aussi grossièrement que possible, l'esclave Cindy a relâché la chaîne de mon collier et m'a soulevé.

En regardant sa montre, il dit :

"Nous manquons de temps à cause de ta stupidité. Prends deux haltères de vingt livres et fais des pompes jusqu'à ce que je te dise d'arrêter."

"Eh", répondis-je, car je ne comprenais pas du tout.

"Espèce d'idiot, dois-je tout faire pour toi ?"

Il s'est ensuite dirigé vers un support situé sous la fenêtre et a sorti deux poids de vingt livres comme s'il s'agissait de plumes et a fait quelques pompes pour moi.

Je pouvais sentir mon visage devenir rouge à cause de la stupidité de mes commentaires.

Une fois qu'il m'a donné les poids, j'ai immédiatement commencé à faire les pompes ordonnées, mais je me demandais pourquoi je faisais ça.

"Pourquoi est-ce que je soulève des poids ? Je pensais que j'étais ici pour une fête ?" Dis-je à Cindy alors qu'elle s'éloignait de là où je me tenais.

Quel beau cul elle a.

Elle est peut-être un peu potelée, mais je parie qu'elle est fantastiquement potelée, pensais-je.

Il s'est arrêté et s'est tourné vers moi et a dit :

"Es-tu stupide ou quoi ? Ta maîtresse veut présenter son nouvel esclave ce soir et elle s'attend à ce que son esclave ait un corps parfaitement tonique. Tu ferais mieux de faire un bon spectacle ce soir, Peter, sinon tu ne seras pas membre à part entière du Groupe. .." . Compris ? Et arrête de me regarder ! Je suis aussi l'esclave de Maîtresse Lucy."

Merde, une autre salope soumise, pensai-je.

Alors que je continuais à travailler mon corps, en essayant de redonner vie à mes abdos et mes pectoraux, Cindy a sorti d'un placard une grande bâche bleue et l'a placée au centre de la pièce, par terre, juste devant un garage. porte. à l'arrière-cour.

Il s'est occupé de placer deux bouteilles devant la bâche, puis une tonne de corde de chaque côté et puis de l'autre côté de la pièce, il a soulevé ce qui ressemblait à un gros morceau de bois du sol et l'a posé au sol. .

L'envers de la toile.

Je pouvais dire que ce n'était pas léger car j'avais l'air d'avoir un peu de mal avec ça au début, mais il a prouvé à quel point il était fort en le ramassant facilement une fois qu'il en avait le contrôle.

Mon Dieu, il me trompe, pensais-je.

Une belle femme totalement volontaire et dotée d'une force incroyable.

Je commençais à ralentir mon entraînement à la fois par manque d'entraînement et par concentration sur le bois que Cindy avait placé sur le tapis.

Ce n'était pas rugueux, mais on aurait dit qu'il avait été poncé et fini avec un vernis.

Un gros boulon au milieu d'une surface était la seule chose qui perturbait la douceur de la pièce, qui semblait mesurer quatre pouces sur quatre et environ six pieds de long.

Une fois que Cindy a tout mis en place, elle s'est approchée de moi et m'a regardé lutter avec les poids, qui semblaient déjà peser environ dix fois plus que lorsque j'ai commencé à m'entraîner.

Elle a ri et a passé une main douce sur ma poitrine et mes abdominaux.

"Mmmm... très bien, gamin. Es-tu prêt à arrêter ?"

"Oh s'il te plaît, oui, je ne peux plus faire ça. Mes bras ont l'impression qu'ils sont prêts à tomber et mes biceps me brûlent", répondis-je.

"Ha ha ha... Ok, arrête ! Pose les poids et tiens-toi au milieu du tapis, face à la porte. MAINTENANT !"

J'ai doucement posé les poids et j'ai sauté au milieu du tapis.

Debout là, je pouvais voir les jardins car la porte avait 2 petites fenêtres.

Bon sang, je peux même voir le Maine de l'autre côté du lac.

Il faisait beau et chaud dehors, mais cette pièce était climatisée et nous empêchait de transpirer.

"Écarte les bras, salope, et écarte les jambes ! Garde cette position et ne bouge pas !"

"Est-ce que tu dois m'insulter, Cindy ? Ne pourrais-tu pas m'appeler Peter ?"

"Je te prépare juste mentalement à être le fêtard et je n'apprécie vraiment pas que quelqu'un essaie de voler ma Maîtresse," répondit-elle en attrapant l'une des bouteilles.

Oh, elle est jalouse !

Il est venu derrière moi et a commencé à frotter le contenu de la bouteille sur mon dos.

Bon sang, ça sent la piña colada, me suis-je dit alors que ces mains douces continuaient à me frotter le dos.

Puis ils ont trouvé mes fesses et elle les a pincées en riant.

Puis elle a continué à baisser mes jambes jusqu'en bas.

"Au cas où tu te poserais la question, esclave, notre Maîtresse pensait que tu ferais une grande impression sur les autres si tu étais tous huilé et c'est ce que je mets maintenant et c'est un bon avant-goût de l'été, n'est-ce pas ? tu penses ? Mmm... ta peau est belle, douce et lisse. Ils vont aimer ça... mmmmm"

Puis il a recouvert complètement d'huile mes bras tendus jusqu'au bout de mes doigts.

Après l'avoir frotté sur les côtés de ma poitrine, la bouteille a été vidée et elle a pris la deuxième.

Cette fois, elle a frotté doucement mes muscles de la poitrine nouvellement tonifiés et je pouvais voir son regard et je savais qu'elle me voulait.

Sautant sur ma bite et mes couilles, elle a terminé mes jambes puis s'est agenouillée et a attrapé ma bite durement, la serrant jusqu'à ce que je gémisse.

Puis j'ai vu ses lèvres sur mon membre alors qu'elle suçait légèrement le bout.

C'était juste le mouvement normal d'un homme excité lorsque je plaçais une main à l'arrière de sa tête alors que ma bite devenait dure et je la mettais dans sa bouche.

Sa réaction a été rapide lorsqu'elle a mordu mon membre et m'a frappé les couilles avec sa main droite.

Tout ce dont je me souviens, c'est d'avoir crié aussi fort que possible : Oh merde ! plusieurs fois, puis j'entends la sonnerie du téléphone.

Pendant que je restais accroupie sur mes mains privées, Cindy a répondu au téléphone.

"Oui, madame, je suis désolé, madame. Il a essayé de me faire une fellation pendant que je l'huileais. Oui, madame, je dirai oui, nous le ferons. Oui, madame ". C'est ce que je l'ai entendu dire au téléphone.

"Eh bien, Pierre, les Dames ne sont pas contentes de tout le bruit que vous avez fait et, du coup, vous recevrez soixante-quinze coups au lieu des soixante que vous méritiez la veille. Et le meilleur, c'est que je vous en donnerai quinze. ceux pour ta performance à partir de maintenant, alors crie encore si tu veux. Quand nous quittons cette salle pour la fête, Maîtresse veut que ta putain de bite soit aussi dure qu'une putain de barre d'acier et elle veut que tu te battes à mesure que nous nous rapprochons. Tu comprends, esclave?

"Oui, je comprends", lâchai-je en regardant ma bite et mes couilles douloureuses.

Allez.

Se lever.

Endurcir.

J'ai essayé de le redresser, mais je n'ai pas eu beaucoup de succès.

Cindy s'est agenouillée devant moi et a passé doucement ses mains douces et grasses sur ma bite et mes couilles pendant ce qui m'a semblé une minute ou deux.

Le simple fait de la regarder me graisser partout et la faire caresser mon membre a ramené la vie là-bas.

Elle semblait soulagée alors qu'elle finissait d'huiler mon corps et de poser la bouteille.

« A genoux, mon garçon ! Vite, on est presque en retard !

Ce faisant, elle est allée derrière moi et a commencé à attacher des morceaux de corde à différents endroits sur ce morceau de bois, de sorte qu'il y avait environ un pied de corde qui pendait aux deux extrémités de chaque corde à chaque endroit, dont j'en ai compté huit. J'ai regardé par-dessus mon épaule pour voir ce qui se passait.

Puis soulevant le bois, grognant sous le poids, il le souleva jusqu'au niveau de mon épaule.

C'était un joug ! Il devait être traité comme un morceau de viande.

"Incline ta tête un peu esclave et tends tes bras vers moi. Cela peut sembler lourd, alors sois prêt."

Je l'ai fait et j'ai immédiatement trouvé le poids si inconfortable et si instable que la pièce s'est renversée et que l'extrémité gauche s'est posée sur le sol.

"Oh, pour l'amour de Dieu, Peter ! Tu es faible ou quoi ? Tu es un putain d'idiot, n'est-ce pas ?"

Il a rapidement attaché la corde autour de mes bras en commençant par la corde la plus proche de mon torse sur mon côté droit jusqu'à ce que les 4 soient serrées autour de mon bras.

J'ai essayé de tordre mon bras pour le libérer, mais le seul mouvement disponible était celui de ma main.

"Maintenant, fais attention chaque fois que tu remets ta tête en arrière, mon garçon, car il y a un boulon dans le bois juste derrière ta tête. Maintenant, écarte les genoux pour que je puisse équilibrer ça !"

Alors que j'obéissais, il se dirigea vers la gauche et, tenant le bois et le bras en dessous, le retira et le plaça en équilibre sur mes épaules.

Il a ensuite attaché la corde qui maintenait mes bras en place en 4 sections similaires différentes sur le côté droit.

Oh merde, ça fait mal, pensai-je en sentant tout son poids, ainsi que le plug anal qui avait repris vie et devait m'arracher les entrailles.

Je gémissais et gémissais un peu, ce qui semblait ravir l'Amazonie.

"D'accord, voyons si je peux t'aider à te lever tout seul, au lieu d'utiliser le palan." Dit-il alors qu'il commençait à m'asseoir, puis j'ai suivi son exemple en réarrangeant mes genoux puis en me levant.

Ignorant la douleur à l'intérieur et à l'extérieur de moi, je me suis levé.

Haha , qui est le faible maintenant, salope ?

Cindy a repris la bouteille d'huile puis s'est pressée contre moi pour que je puisse sentir ses énormes seins contre mon corps et bientôt ma bite cherchait n'importe quelle partie d'elle.

« Veux-tu me ramener à la maison plus tard, Peter ? J'ai besoin que tu m'emmènes et je ferai en sorte que cela en vaille la peine.

Est-ce qu'elle pensait ça ou est-ce qu'elle joue avec moi ?

Cela n'avait pas d'importance car cela avait l'effet souhaité de me rendre dur et en érection au point que je savais que c'était l'érection la plus dure que j'avais eue de la journée.

Ensuite, il a touché un peu tout mon corps pour s'assurer que tout était en place.

Après avoir joui sur ma bite, Cindy a gémi à ce qu'elle a vu.

Puis il posa la bouteille et partit chercher la corde.

Il avait deux boucles de corde enroulée qu'il plaçait de chaque côté de moi.

Ce n'était pas comme l'épaisse corde en nylon qui maintenait mes bras en place, mais plus petite comme une corde à linge.

À deux reprises, de toutes ses forces, il a attaché une extrémité de chaque corde enroulée à l'un de mes pouces, resserrant les nœuds jusqu'à ce que je gémisse à chaque fois qu'il le faisait.

Il déroulait chaque section de corde et les tenait comme des rênes.

"Maintenant, quand ils nous appelleront à la fête, je vous attirerai vers eux et je veux que vous vous battiez pour les Dames, mais pas si fort que vous tombiez. Nous voulons que vous vous battiez pour que tout le monde soit excité. Comprenez-vous Peter ? Oh, merde, j'ai presque oublié."

"Oui, Cindy, je comprends. Je suis l'animal sauvage en laisse." J'ai répondu en la regardant courir vers une armoire d'où elle a sorti un morceau de chaîne et, putain non, des menottes en acier.

Elle a tiré un élastique retenant la clé du bracelet sur son poignet droit alors qu'elle courait vers moi.

"Vite Peter, ressaisis-toi !" Elle a commandé et je savais que le spectacle était sur le point de commencer.

Il s'accroupit et plaça ses menottes sur chaque cheville, les verrouillant en place.

Le clic que produisait chaque serrure semblait aussi fort qu'un cri.

Lorsqu'elle s'est agenouillée devant moi, elle a mis ma bite dans sa bouche et a sucé fort pendant quelques secondes que j'aurais aimé durer éternellement.

"C'était pour te remonter le moral davantage", dit-elle en touchant mon corps avec l'huile qu'elle prenait dans sa bouche.

Au moment où il se levait, la porte du garage s'ouvrit et un courant d'air chaud frappa nos corps.

Cindy ajusta le morceau de tissu rouge qui essayait de recouvrir sa chatte sans grand succès et s'assura que son collier était correctement aligné.

"Prêt, Peter ?"

"Faisons-le, putain de salope !" J'ai répondu.

Il m'a regardé fixement, puis a ramassé les deux cordes attachées à mes pouces, les a resserrées et m'a traîné dehors, luttant contre le soleil de l'après-midi.

CHAPITRE IV

"Merde... Arrête de tirer si vite," murmurai-je à Cindy.

Puis mes rênes de joug se sont desserrées et j'ai remarqué que Cindy s'était arrêtée alors qu'elle tournait à gauche vers la Fiesta et regardait les trois mâles qui approchaient, chacun avec une bobine de corde ou des lanières de cuir.

Ils étaient nus, à l'exception d'un petit pagne en cuir qui recouvrait leurs parties intimes.

Tous les trois avaient à peu près ma taille et mon âge et chacun portait également un collier identique à celui que je portais.

"Nous allons le sortir d'ici, esclave Cindy. Vous devez vous présenter immédiatement à l'esclave Ken", a déclaré l'un d'eux.

"Non, il n'est pas encore prêt pour ça. Peter, je ne savais pas ! Courez ! Sortez d'ici ! Maintenant !" Cindy m'a supplié.

J'ai commencé à me retourner pour partir, mais deux des esclaves mâles m'avaient déjà rattrapé et saisi la corde attachée à mes pouces.

Mais avec la chaîne coincée aux pieds, je n'aurais de toute façon pas réussi à faire cinq pas.

Au loin, j'ai remarqué un groupe de femmes observant attentivement la situation dans laquelle je me trouvais et à l'avant du groupe se trouvait Maîtresse Lucy.

Puis j'ai réalisé que Cindy marchait, non, s'enfuyait la tête baissée et je pense qu'elle pleurait.

Dans quoi me suis-je embarqué ?

Quel idiot je suis.

Puis ma situation et ceux qui m'ont eu m'ont ramené à la réalité.

"Bonjour, esclave Peter, je suis l'esclave James et ces deux messieurs sont les esclaves Bob et Frank. S'il vous plaît, ne nous posez pas de problème, Peter, et alors il n'y aura plus de problème pour vous."

"Pourquoi ne vas-tu pas te faire foutre ? Laisse-moi tranquille ! Rien de tout cela n'a été discuté avec Mme Lucy, alors je m'en vais," ai-je crié à celui nommé James.

"Tiens-le fort," dit James aux autres sans même me regarder.

Elle a ensuite saisi la tige de mon pénis qui était tout sauf dressée, l'a tiré fort et a glissé un nœud de petite corde qui s'est resserré juste derrière la tête.

Puis il a tiré la corde si fort que j'ai poussé un long et fort cri.

"Ça te fait mal, salaud, enlève-le, enlève-le !" J'ai crié et je me suis battu de toutes mes forces.

Quand je l'ai fait, j'ai regardé à travers la pelouse et j'ai remarqué les femmes qui les regardaient boire un verre de vin.

Il semblait qu'il y avait d'autres esclaves nus, probablement comme serviteurs, et ils surveillaient également tout.

"A votre connaissance, c'est Mme Lucy qui a ordonné cette situation. Vous devriez être fier, puisque cela ne s'est jamais produit le premier jour et si vous la surmontez, elle deviendra membre du Groupe Elite avec tous les droits. Maintenant, vous divertira et vous ferez plaisir aux autres en vous battant. Considérez-nous simplement comme vos frères esclaves qui sont là simplement pour vous aider ce soir, ha ha. Et nous sommes vraiment désolés pour ce qui est sur le point d'arriver. Ok, les gars, enlevez la corde de votre pouces et mettez les sangles sur le collier. Je dois prendre le débutant et à moins qu'il ne veuille perdre le bout de sa bite, il se comportera bien.

Oh mon dieu, qu'ai-je fait?

Qu'est-ce que tu vas me faire ?

J'ai regardé chacun de mes ravisseurs en espérant que cela les ferait se sentir comme de la merde, mais tout ce que j'ai fait, c'est les mettre en colère et ils ont tiré sur les sangles que chacun d'eux avait sur moi.

Les trois se regardèrent, hochèrent la tête et se tournèrent vers les dames, tombant à genoux, tête baissée, chacune tenant sa laisse en l'air avec sa main droite.

J'ai regardé mes trois ravisseurs et je me suis demandé ce qui se passait.

James était devant moi, tenant la sangle du col et Bob était à ma gauche avec Frank à ma droite, chacun tenant les sangles du col.

À environ trente mètres en ligne droite, sous un grand auvent pour les protéger du soleil brûlant, les dames avaient installé une rangée de chaises, dont deux à l'avant étaient occupées par Mme Lucy et une autre femme afro-américaine.

Toutes les dames portaient une petite robe noire simple et similaire avec des accessoires dorés et des bottes noires.

La femme à côté de Lucy se leva, se tourna et désigna une esclave agenouillée, lui faisant signe de se rapprocher.

Une grande esclave bien bronzée et huilée, avec de longs cheveux noirs raides, se leva et se tint la tête baissée devant Maîtresse Lucy et la dame noire.

Chacune des deux dames lui a donné un objet qu'il tenait dans chaque main puis s'est retournée et s'est dirigée vers nous.

Oh mon Dieu, elle est belle aussi, pensais-je, et en la comparant à Cindy, j'ai remarqué qu'elle avait la même taille, mais en bien meilleur état, ce qui était accentué par sa peau bronzée et huilée.

Puis je l'ai reconnue.

Elle était conseillère juridique pour la tribu indienne des Premières nations locales et était elle-même amérindienne.

En regardant autour de moi, j'ai réalisé que seules cette femme, quelques esclaves agenouillés et moi étions graissés.

Aucun de mes ravisseurs ne l'était.

"Oh merde, putain mon pote. C'est Angela. Elle te coupera les couilles si tu lui donnes du fil à retordre", a déclaré Bob.

"Je suis désolé, Peter, mais il vaut mieux que ce soit toi plutôt que nous", dit James, Frank étant également d'accord.

J'ai regardé la femme qui s'approchait de nous avec un air confiant et un sourire aux lèvres.

Elle portait également un morceau de tissu rouge, qui essayait de cacher son entrejambe mais ne couvrait rien, et une chaîne en or qui le maintenait autour de ses hanches et rien d'autre, pas de chaussures ni de boucles d'oreilles, et elle portait aussi beaucoup de maquillage comme Cindy.

J'ai remarqué que dans sa main droite il tenait un fouet marron et que dans sa main gauche il y avait quelque chose que je ne pouvais pas voir.

Alors qu'elle s'approchait, j'ai commencé à reculer, puis j'ai commencé à lutter avec les sangles attachées, ce qui a obligé mes trois ravisseurs à se lever et à me maintenir en place en me tirant en arrière.

"Lâchez ces fichues cordes, salauds. Laissez-moi partir ! Laissez-moi sortir d'ici ! Pour l'amour de Dieu, les gars, vous allez me laisser sortir maintenant."

J'ai crié cela aussi fort que possible et j'ai réalisé qu'Angela courait maintenant vers nous, les cheveux noirs dansant derrière elle et nous rattrapant presque déjà.

Le soleil brûlant semblait éblouir sa peau huilée, ce qui était une chose idiote à laquelle penser au lieu d'essayer de trouver une échappatoire à ma situation difficile.

"Ouvre ta grande bouche, mon garçon", dit-elle d'une voix grave et forte en attrapant mon bras gauche, "Nous ne voulons pas que les voisins entendent maintenant, n'est-ce pas ?"

"Va te faire foutre, putain noire, je veux sortir d'ici maintenant !"

J'ai tout de suite compris que je n'aurais rien dû dire, notamment à cause des noms désobligeants sur son origine africaine, mais elle s'est contentée de sourire à mes commentaires.

"Continue comme ça et tu es mort, putain de viande", murmura-t-il à mon oreille gauche. "Maintenant, ouvre ta putain de bouche, mon garçon," cria-t-il en faisant un signe de tête à James.

La douleur d'une forte traction sur la sangle du pénis ainsi que du fait qu'Angela me tirait la tête en arrière par mes cheveux pour que ma tête heurte le boulon dans le bois m'a fait crier la bouche ouverte.

C'est alors qu'elle m'a mis dans la bouche un gros morceau de cuir tressé, qu'elle a immédiatement plié derrière ma tête pour former un nœud aussi grossier que possible.

"Comment va cette pute ?" a-t-elle aboyé.

Du mieux que j'ai pu, j'ai répondu par le gag et j'ai dit :

"Va te faire foutre, salope dégoûtante ! Enlève ce truc de moi ! Je veux sortir d'ici," et même si ma réponse ressemblait à... Hmphhh... hmphhh... hmphhh, le sens de cela lui était perceptible. ... alors que sa main ouverte se serrait en un poing alors qu'il essayait de contrôler la situation.

"James, donne-moi la sangle de ceinture, puis prends tes deux petits amis et leurs sangles et va te faire foutre ici, Maîtresse Lucy et Maîtresse Samantha ont changé d'avis sur le divertissement, pour être juste envers Peter, cela n'a jamais été discuté." avec lui. » ordonna Angela.

"Mais je..." bégaya-t-il et il réfléchit mieux.

Il fit un signe de tête à ses deux assistants et ils commencèrent tous deux à marcher vers le reste du groupe.

Angela se tourna vers le groupe de dames et leva son bras gauche avec une main ouverte pour indiquer 5 minutes.

Il s'est ensuite tourné vers moi et a attrapé l'anneau en D sur le devant de mon cou, qu'il a tiré et m'a traîné jusqu'à la buanderie que j'avais quittée il y a quelques minutes avec Cindy.

Elle m'a remis sur le tapis et est allée dans un placard chercher une autre bouteille d'huile pour le corps, qu'elle a rapportée et s'est placée devant moi.

"Ahora Peter, solo nos quedan unos minutos, así que déjame ponerte al día. Tu Ama ha subido la apuesta inicial por así decirlo y te ha ofrecido como su boleto para pasar rápidamente a un estado de Élite en el Placer del Dolor. ¿Has oído hablar de eso? Bueno, ¿a quién le importa lo que piensas de todos modos? ¿Estuviste de acuerdo en ser su esclavo, Peter? ¿Estuviste de acuerdo en asistir a la fiesta como su esclavo? ¡Indícalo asintiendo con la cabeza si c'est certain!"

J'ai hoché la tête oui.

"Eh bien, c'est réglé. J'avais peur que ta peur soit réelle, mais tu as signé un contrat avec Lucy, et pour le moment, je ne peux rien y faire. Mais tu vas payer." pour vos emportements, et je vais vous faire remplir votre contrat avec votre Maîtresse. Savez-vous qui je suis ?

J'ai encore hoché la tête, alors elle a détaché la corde de la tête de mon pénis.

"Voilà, je n'aurai pas besoin de cette sangle. Je suppose que ces trois mauviettes pensaient que ça impressionnerait ; ça doit être une affaire d'hommes. Est-ce que ça va mieux, Peter ? Est-ce que tu aimes porter tout le poids du joug sur tes épaules ? Ça " C'était mon idée, une fois qu'ils m'ont parlé de vos qualités physiques. J'espère que cela vous fera beaucoup de mal, car les commentaires que vous avez faits à mon sujet m'ont blessé et vous seront rendus. "

Il semblait me poser des questions, mais sans jamais s'attendre à une réponse car il était bâillonné ou secouait la tête, alors j'ai pensé qu'il valait mieux rester ainsi et ne rien faire.

Pendant qu'elle parlait, elle a défait le harnais qu'elle portait et a lentement retiré le plug de mes fesses, mais elle n'a montré aucune inquiétude en retirant mes couilles et ma bite de l'anneau, ce qui m'a fait crier et mordre le bâillon.

Une fois le bouchon débranché, elle jeta le tout sur le tapis.

Ses mains douces parcouraient mes fesses, mes couilles et doucement ma bite, qui était plus que lâche que la sangle qui y était attachée.

« Est-ce que ça va mieux Peter ? elle a demandé.

J'ai hoché la tête en réponse à ce sentiment affirmatif alors que mes muscles se détendaient une fois le plug retiré.

Elle rit doucement et dit :

"Eh bien, c'est bien, alors tu ferais mieux d'en profiter tant que tu le peux parce que j'ai quelque chose d'un peu plus sinistre prévu pour la série. Et en parlant de ça, on ferait mieux d'y aller ou on y est tous les deux. Maintenant, Peter, juste pour arrêter. " Pour autant que vous le sachiez, le fouet que je possède est en bouleau, ce qui fait beaucoup de bruit, mais peu de dégâts, mais les fouets que d'autres utiliseront sur vous sont principalement en cuir de veau huilé et provoquent des douleurs considérables, alors soyez prudent. Mais les deux types ne laisseront pas de marques permanentes sur votre corps. Vous m'obéirez pour le reste de la nuit, car ce sera plus facile pour vous et vous n'oublierez pas le contrat que vous avez passé avec votre Maîtresse. La première chose que je ferai vous présente les Dames, dont la plupart occupent de hautes fonctions publiques ou professionnelles et souhaitent, pour l'instant, garder secrètes leur identité et leur participation. A la tête de ce Show se trouve Lady Samantha, assise à côté de Lady Lucy. et doit être obéi à 100 %. Il n'y a pas de place à l'erreur avec elle, faites simplement ce que Peter dit. Comprenez-vous Pierre ? "

J'ai de nouveau hoché la tête et, ce faisant, j'ai regardé Angela toucher l'huile sur son corps et une fois sur sa peau bronzée, cela a semblé éclairer la pièce.

Mon membre faible a commencé à reprendre vie alors qu'il reflétait le plaisir que je voyais dans mes yeux de la belle femme devant moi.

Puis il s'est approché de moi et a commencé à frotter de l'huile sur ma poitrine, mes mamelons et mes abdominaux.

Elle a ensuite attrapé mon membre et a commencé à le caresser jusqu'à ce qu'elle sente que l'érection durerait un moment.

"C'est dommage que je ne t'ai pas trouvé avant Lucy ou que ce ne soit pas moi qui cherche à devenir membre aujourd'hui, car toutes les femmes qui entrent dans Pleasure of Pain doivent entrer comme esclaves d'une Maîtresse jusqu'à ce qu'elles trouvent un esclave mâle." et féminin que je les serve. Aurais-tu aimé être mon esclave, Pierre ?

Pas sûr de la réponse qu'il cherchait, j'ai hoché la tête, puis sa main droite a giflé ma joue gauche 3 fois plus fort que l'autre.

Puis elle s'est rapidement placée derrière moi et m'a forcé à faire face à la porte ouverte.

"Maudit cochon ! Ne fais-tu pas preuve de loyauté envers ta Maîtresse ou essaies-tu juste de m'apaiser ? Quel idiot tu es, Peter ! Maintenant nous sommes prêts à procéder et tu suivras mes ordres verbaux sans avoir à utiliser de laisse et fais ne rien essayer pour anticiper ce qui va se passer ou dans quelle direction aller. Si vous désobéissez ou ne faites pas un bon spectacle, j'utiliserai le manche de mon fouet et je ne pense vraiment pas que vous vouliez que je le fasse fais ça, parce que si je le fais, cela laissera une marque permanente. Prêt, mon garçon ! Vas-y !"

Juste au moment où elle m'a demandé si j'étais prêt , le fouet m'a donné une claque sur le cul qui a fait le bruit fort promis mais une piqûre étonnamment agréable qui a dû satisfaire ma bite car elle s'est levée encore plus fort qu'avant.

Puis, alors que nous étions à l'extérieur du bâtiment, trois autres coups de fouet sont tombés lourdement sur mon dos et m'ont fait mal, me faisant crier dans mon bâillon et me faisant reculer, mais sans me retourner.

Cette action m'a seulement apporté un autre coup aux fesses, puis il m'a ordonné de tourner à gauche.

Une fois que je l'ai fait, elle m'a dit de courir, ce qui était impossible puisque j'étais enchaîné, mais Angela semblait n'y prêter aucune attention et a continué à me donner une fessée dans le dos, les fesses et les cuisses pendant que je continuais à me débattre et à crier dans mon bâillon.

"Déplacez-vous directement vers Maîtresse Lucy", ordonna-t-il.

J'ai levé les yeux entre les coups et en même temps j'ai regardé le sol à la recherche de défauts, car je ne voulais pas glisser, et quand j'ai vu ma Maîtresse, je me suis dirigé vers elle.

Il parlait à une maîtresse noire à côté de lui, à sa gauche, que je supposais être Maîtresse Samantha et qui semblait être d'accord avec l'approbation de l'esclave choisie par Lucy, moi.

En me rapprochant, j'ai remarqué une structure en bois à ma droite.

Une potence ?

Wow merde.

"Lève-toi, esclave", ordonna Angela alors qu'elle était à 5 pas de ma maîtresse Lucy.

Puis elle s'est déplacée à mes côtés et a donné un coup dur à ma bite encore dressée.

"A genoux quand tu es devant ta Maîtresse !"

Je suis tombé à genoux et j'ai immédiatement reçu trois autres coups de fouet violents dans le dos qui me faisaient mal, mais me procuraient plus de plaisir qu'avant, mais je ne pouvais pas comprendre ni voir mon pénis en érection.

J'ai entendu un ordre, qui, je crois, venait d'Angela de baisser la tête jusqu'à ce qu'elle touche le sol et de la maintenir là.

Ce faisant, le poids du morceau de bois sur mon dos m'a fait crier et recevoir un autre coup.

Puis tout est devenu silencieux pendant une période d'environ dix secondes qui a semblé durer une éternité et une voix que j'ai supposée être Maîtresse Samantha en raison de sa proximité et de sa voix autoritaire a commencé à parler.

"Mesdames, bienvenue à cette réunion spéciale du Pain Pleasure Group. Nous sommes ici pour reconnaître officiellement Lucy comme notre nouveau membre d'élite et nous la félicitons pour son choix d'esclave, qui, j'en suis sûr, lui plaira beaucoup. Vous êtes toutes superbes. , "Mesdames, huilées comme ça et prêtes à recevoir nos fouets ? Lucy, il y a une question en suspens concernant la discipline des esclaves que je sais que vous allez maintenant résoudre. Qu'avez-vous choisi ?"

"Merci, Maîtresse Samantha, pour tous vos aimables paroles. Je montrerai à tout le monde qu'en tant que véritable dominante et professionnelle, je suis et serai le leader de tous les hommes, qui sont tous inférieurs à nous. Esclave Peter ! Il a choisi son première punition sera suspendue à votre première participation. Vous serez présenté à chaque Maîtresse présente et à leurs fouets, en commençant par Maîtresse Samantha et en terminant par moi-même, ce qui signifiera un total de onze leçons. Ceci sera suivi de la finale, qui sera seulement j'appellerai Le Tourment Final, car c'est quelque chose de nouveau qu'Angela et moi avons créé. Tous les esclaves, à l'exception de l'esclave Cindy, se rendront immédiatement dans la salle d'attente au sous-sol puisqu'ils ne sont pas autorisés à voir la première punition du nouvel esclave Pierre. »

Lorsque la Dominatrice eut fini, j'entendis un murmure de satisfaction et d'applaudissements, différent des premiers sons, qui devaient provenir des esclaves derrière chacune de leurs Maîtresses.

Personne n'a jamais eu autant de leçons, murmura un esclave.

La Maîtresse dit :

"Bravo Lucy, quel corps fantastique ton garçon a."

On ne m'a pas demandé et je n'ai pas supposé qu'on me demandait si j'étais d'accord avec le divertissement prévu car je voulais être leur esclave plus que tout.

" Allez Peter, il est temps que tu te prépares à saluer toutes les Maîtresses !" » ordonna Angela.

J'ai essayé de relever la tête, mais le poids du joug sur mes épaules et mon épuisement ne me le permettaient pas. Angela a demandé à l'esclave Cindy de venir m'aider, et les deux ont pris une extrémité du joug et m'ont soulevé avec facilité.

Quand je me suis levé, j'ai regardé autour de moi et j'ai remarqué que les esclaves partaient et que les maîtresses en petits groupes se divertissaient avec du vin et des hors-d'œuvre et j'ai pensé à quel point j'avais besoin d'un verre.

J'ai regardé Cindy et j'ai souri à travers mon bâillon en essayant de laisser entendre que je n'étais pas en colère contre elle pour la séquence surprenante des événements.

Il m'a regardé dans les yeux puis m'a doucement serré le bras.

Angela m'a traîné par un anneau en D autour du cou jusqu'à ce que je sois directement sous le bras tendu de la potence.

Debout là, j'ai levé les yeux et j'ai remarqué un câble avec un crochet de sécurité attaché, puis j'ai entendu un moteur et j'ai regardé le crochet descendre pour se terminer juste en dessous de ma tête.

Qu'a dit la dame ?

Suspension et participation et autre chose ?

Je dois faire plus attention.

"Cindy, détache les cordes de son poignet et de son avant-bras à cette extrémité de l'empiècement et je le ferai à l'autre extrémité. Nous devons mettre les menottes de suspension sur le garçon, puis la barre de suspension devant lui. Une fois que c'est fait. c'est fait, je le ferai." "Nous allons dénouer et ranger le joug de bois. Maîtresse Lucy ne veut plus perdre de temps." » dit Angèle.

Ensuite, ils m'ont mis des menottes en cuir épais aux poignets et je savais à quoi elles servaient, puisque j'avais vérifié les annonces fétichistes sur Internet.

Une fois en route, Angela a soulevé une lourde barre d'acier d'environ six pieds de long devant moi.

Il y avait des chaînes avec des mousquetons à chaque extrémité et un lourd anneau au milieu.

Cindy a rapidement cassé les crochets de chaque chaîne en haut des poignets qui retenaient mes poignets et une fois la seconde en mouvement, Angela a lentement abaissé la barre jusqu'à ce que je la tienne toute seule.

Le poids supplémentaire sur mon corps et mes bras m'a fait gémir bruyamment dans mon bâillon et j'ai remarqué que Lucy me regardait et le groupe avec lequel j'étais a commencé à sourire et à rire.

Angela et Cindy se sont déplacées rapidement pour retirer l'empiècement, ce qui m'a fait me sentir beaucoup mieux et même après avoir soulevé la barre au-dessus de ma tête et mis l'anneau sur le mousqueton, j'ai senti la pression disparaître de mon corps.

Angela s'est approchée de moi et a murmuré pour que personne, pas même Cindy, ne puisse entendre :

"Esclave, je vais maintenant retirer ton bâillon et te donner de l'eau avant les présentations. Si tu ne te comportes pas avant la nuit, c'est fini, honnêtement, et je te coupe les deux tétons. Compris ?"

J'ai hoché la tête avec enthousiasme, disant oui, alors que je me tournais vers elle pour vouloir boire et conserver mes tétons.

J'ai remarqué que la barre à laquelle mes bras étaient suspendus pivotait avec moi lorsque je faisais cela et en levant les yeux, j'ai compris pourquoi le mousqueton avait un émerillon intégré pour qu'il puisse pivoter dans n'importe quelle direction.

Cindy a alors retiré le bâillon de ma bouche et, tout en se tenant derrière moi, a doucement pressé ses seins contre mon dos, faisant échapper un gémissement de plaisir à mes lèvres.

Dieu merci, Angela n'avait rien entendu ni vu de tout cela, me suis-je dit.

Angela a ensuite porté une bouteille d'eau à mes lèvres, dont j'ai essayé d'avaler le tout, mais je n'ai eu droit qu'à quelques gorgées.

"Désolé, Peter," dit Angela, "Mais je ne peux te donner que quelques gorgées ou tu pourrais avoir une crampe ou même tomber malade. Oh, Cindy, super, tu as la barre d'écartement pour ses pieds. Allons-y. va vite, Peter. Souviens-toi de ce que j'ai dit à propos des cris.

D'abord, Cindy a ouvert la serrure à mes pieds avec la clé qu'elle avait gardée dans un bracelet, puis les deux filles ont rapidement saisi la barre, qui devait mesurer environ trois pieds de long, et ont attaché une lanière de cuir à chaque cheville.

Pendant que cela se produisait, je savais pourquoi Angela m'avait rappelé de crier, car non seulement je m'étais éloigné du bar, mais j'étais maintenant suspendu au sol dans une position d'aigle écartée, suspendue à mes poignets.

Tout ce que je pouvais faire, c'était serrer les dents et gémir aussi doucement que possible.

Angela a ensuite testé ma situation en se déplaçant lentement d'un côté à l'autre, puis en me tournant une fois pour s'assurer que la torsion fonctionnait.

Lorsqu'il me fit face devant les Maîtresses, il dit :

"Esclave, tu t'agenouilleras avant de saluer chaque Maîtresse et tu auras la tête baissée, les yeux baissés. Tu la salueras quand elle sera devant toi et tu le feras 'Salutations, Maîtresse, je suis l'esclave de Maîtresse Lucy Peter.' Puis elle nous ordonnera de vous mettre debout ou en suspension complète puis elle vous présentera formellement son fouet et d'autres choses. Toutes les Maîtresses ont la permission de le faire. Elles vous fouetteront autant de fois qu'elles le voudront, des épaules. jusqu'aux orteils, aux pieds, mais pour votre pénis, vous ne devez utiliser qu'un fouet. N'oubliez pas de ne pas pleurer Peter sinon ils seront plus durs avec vous. Comprenez-vous Peter ?

"Oui, Angela, je comprends", dis-je, mais j'avais peur de lui demander ce que signifiait "et d'autres choses".

"Esclave, je veux que tu fasses quelque chose pour moi. Supposons que tu viens d'être touché, tourne à gauche d'un demi-tour. MAINTENANT !"

J'ai dû l'essayer plusieurs fois jusqu'à ce que j'y parvienne, car je suis allé trop loin la première fois, puis pas assez loin les fois suivantes ou je me suis complètement retourné.

Ensuite, ils m'ont mis sur mes gardes et ont dû répéter le processus jusqu'à ce que j'aie réussi.

Pendant que j'apprenais cette technique de filage, Cindy avait placé une table devant moi sur laquelle se trouvaient des flagellateurs de différents types et couleurs et un grand aquarium en verre rempli de pinces en bois.

Angela a ensuite fait signe à Cindy de venir à mes côtés, puis Angela s'est dirigée vers les Maîtresses.

Putain, elle est si belle et Cindy et toutes les maîtresses aussi, pensai-je alors que Cindy recommençait à me caresser la bite pour la garder dure, je suppose.

"Soyez courageux Peter et ce sera bientôt fini. Je t'aime Peter", murmura-t-elle.

CHAPITRE V

Un frisson parcourut mon corps alors que j'attendais mon sort, maintenu en place par Cindy alors qu'elle caressait doucement ma virilité.

Je me souviens avoir regardé le lac et les voiliers rentrer chez eux sur un lit d'eau de plus en plus calme.

Les premières pensées du soir ont commencé à s'installer et je savais qu'il ferait nuit dans moins d'une heure et je me demandais où était passé le temps.

"Préparez-vous. Ils arrivent", ordonna Angela à Cindy alors que je revenais à la réalité.

Je n'avais pas remarqué le retour d'Angela et quand je me tournai vers elle, elle me frappa fort sur les fesses et laissa échapper un rire.

"Apenas puedo esperar para ver si lograras en la próxima hora ya que es mejor que pongas a todas las Damas calientes y húmedas durante tu presentación. Ahora Cindy, pon a esta puta de rodillas antes de que estén aquí. Y Peter, recuerda lo que je t'ai dit ".

Mon corps d'aigle étendu était calé sur mes genoux avec l'aide de Cindy car je ne savais pas comment me mettre en position au mieux.

À genoux, je gardais la tête baissée, comme Angela l'avait ordonné, mais je savais par la vision périphérique que j'avais et par leurs voix qu'ils étaient maintenant devant nous.

" Mesdames du Plaisir de la Douleur, j'offre mon esclave, l'esclave Peter, pour votre considération. S'il vous plaît, utilisez-le bien. Après avoir terminé mon test d'homme sans valeur, il y aura un spectacle spécial pour vous qu'Angela a si gentiment préparé. " " Lady Samantha , s'il vous plaît, veuillez commencer la cérémonie.

Tout le monde était silencieux devant moi et je pouvais entendre Maîtresse Samantha alors qu'elle s'approchait et même lorsqu'elle retirait les pinces du bol.

Une des Dames dit alors doucement à une autre personne :

"Ah, la piqûre, elle va la tester."

Des murmures affirmatifs tout au long de la rencontre.

Lorsqu'elle fut devant moi, je lui racontai ce qu'Angela m'avait dit :

"Bonjour, Maîtresse, je suis l'esclave de Maîtresse Lucy, Peter."

"Lève la tête et regarde-moi, esclave", ordonna-t-il.

Alors qu'il relevait lentement la tête, j'ai remarqué que dans sa main gauche il tenait deux pinces à linge et dans sa droite il tenait un fouet en cuir rouge foncé.

Le fouet ressemblait à un fouet court et tressé, mais à son extrémité il avait une longueur supplémentaire de neuf queues en cuir presque de la taille d'une corde, chacune nouée à l'extrémité.

«C'est quoi ce bordel», ai-je pensé.

Aussi naïf que je sois, je savais que le fouet qu'il tenait n'était pas le fouet qu'Angela avait décrit.

J'ai regardé Angela et elle a souri d'une manière à peine innocente et a haussé les épaules.

"Cette salope va obtenir ce qu'elle cherche un jour."

Je savais que ça allait faire plus mal que je ne l'avais expliqué précédemment, mais j'allais le prendre par tous les moyens possibles pour montrer à Angela que je pouvais le supporter.

Maîtresse Samantha avait vu cette interaction et éclatait de rire.

" Mesdames, il semblerait que cet esclave n'ait pas tout dit sur l'émission de ce soir, mais il a accepté d'être là et ce sera une bonne leçon pour lui. Attendons un esclave désorienté ! "

" Pierre, esclave, es-tu d'accord que tu es subordonné à toutes les femmes, que toutes les femmes sont supérieures aux hommes, que tu serviras et obéiras à toutes les femmes, peu importe où tu es, et que tu apprendras à soutenir le mouvement Plaisir de la Douleur ?"

"Oui, Mme Samantha, je suis d'accord", répondis-je.

"Sais-tu qui je suis, esclave, et ce que je fais ?"

"Oui, madame. Vous avez votre propre cabinet d'avocats dans le Maine que j'ai utilisé, mais je n'ai traité qu'avec votre personnel."

"Notre participation à ce Groupe doit être confidentielle. Comprenez-vous Peter et pouvez-vous compter sur nous pour garder cela secret ?"

"Je comprends que la dame et moi garderons toujours tout confidentiel."

"Avez-vous goûté le doux nectar d'une déesse noire, esclave, et souhaitez-vous le faire ?" elle a demandé.

"Oui, Mme Samantha, je le fais."

Dès que j'ai prononcé ces mots, la main tenant le fouet s'est dirigée vers l'arrière de ma tête et l'a poussé vers sa chatte en attente qui avait été exposée par son autre main alors qu'elle soulevait sa robe.

Ma langue a immédiatement cherché son clitoris, qui était chaud et nageait dans le jus du sexe, et en le léchant, je l'ai senti durcir et grandir.

Sans demander la permission, je tournai légèrement la tête, ouvris la bouche entourant son sexe et commençai à absorber le tout à un rythme croissant.

Pendant quelques secondes, elle m'a cogné sa chatte au visage puis m'a poussé brutalement.

"Ah, salope", a-t-il crié en me frappant le visage avec son fouet. "Lucy, tu as très bien fait... non seulement le corps de cette salope est fait pour nous servir, mais je crois que son esprit est également prêt à nous servir."

Maîtresse Samantha recula et, regardant son esclave, Angela dit : "Prêt", puis tendit les deux pinces à linge à Cindy.

J'ai été complètement soulevé du sol, complètement suspendu dans cette posture d'aigle sauvage déployé, face au chef de ce groupe Pain Pleasure.

J'ai remarqué que Cindy regardait pensivement les pinces à linge, puis j'en ai mis une sur mon mamelon gauche et une autre sur mon sac à œufs, ce qui a provoqué un léger gémissement qui a quitté mes lèvres.

Pendant que cela se produisait, j'ai regardé Samantha, qui me paraissait incroyablement sauvage, et j'ai senti ma bite devenir dure.

"Regardez, mesdames ! La pute me rend déjà ses respects comme il se doit."

Immédiatement après avoir dit cela, il m'a frappé violemment sur la cuisse droite, puis de nouveau sur la gauche, me faisant lutter dans mes attaches, mais sans émettre de son entre mes dents serrées.

"Angela, retourne-toi s'il te plaît," ordonna Samantha.

Angela a alors sifflé à mon oreille assez fort pour que tout le monde puisse l'entendre.

"Retourne-toi, putain de salope, et fais vite."

De toutes mes forces, je me suis rapidement retourné le plus doucement possible et tout en pensant à Angèle et en me disant :

"Je vais avoir cette salope pour moi tout seul."

Bien sûr, elle pourrait être un peu plus gentille dans d'autres circonstances.

Une fois le tour terminé, j'ai regardé Angela dans les yeux et j'ai essayé de la tuer sans grand succès.

Ensuite, Samantha m'a donné deux coups de fouet durs dans le dos avec son fouet et j'ai alors compris pourquoi ils l'appelaient le dard.

C'était comme si à chaque coup, je pouvais sentir les neuf queues du fouet entrer dans mon corps, mais malgré cela, il y avait une sensation de picotement qui semblait presque en exiger davantage.

Lorsque ma lutte intérieure s'est calmée, j'ai entendu Samantha dire : « Prête, Angela ? puis j'ai entendu un silence dans la foule de dames rassemblées à proximité.

J'ai baissé les yeux et j'ai regardé Angela se pencher vers moi et prendre ma bite dressée dans sa bouche, la travaillant jusqu'à ce qu'elle l'ait exactement comme elle le voulait, puis elle a levé la main droite.

À ce moment-là, mon monde a explosé avec une série de claques dures sur mes fesses et les dents d'Angela serrant ma bite si fort que j'ai cru qu'elle allait la couper.

Je n'ai pas crié, mais mes gémissements à travers les dents serrées donnaient l'impression que je mâchais de la terre.

Alors que je me débattais dans cette position de servitude totale, Angela a continué à me mordre le pénis jusqu'à ce que Maîtresse Samantha parle :

"Angela, arrête ça déjà. Tu seras punie plus tard pour cette explosion. À quoi pensais-tu, femme ?"

Je me suis alors levé et, avec l'aide de Cindy, je me suis tourné vers le groupe et je me suis à nouveau mis à genoux.

Tout en baissant la tête, ma maîtresse s'adressa au groupe :

"La prochaine étape sera notre invitée de l'extérieur du district, Mme Victoria, qui a contribué à la création de notre groupe local. Mme Victoria, s'il vous plaît."

"Salutations, maîtresse, je suis l'esclave de Maîtresse Lucy", dis-je alors qu'elle se tenait devant moi.

"Lève la tête, mon garçon ! Sais-tu qui je suis ?"

Quand j'ai levé la tête, j'ai encore remarqué les deux pinces à linge, mais cette fois, sa main droite tenait un petit fouet et mon cœur s'est serré, mais cela n'a pas pris ma virilité, car je suis resté dur d'une manière ou d'une autre.

J'ai levé les yeux vers une femme mûre qui était encore extrêmement belle et qui avait le corps de quelqu'un de beaucoup plus jeune.

"Vous êtes Mme Victoria. J'ai échangé des e-mails avec vous lorsque j'ai rejoint votre groupe de jeu de rôle, mais je n'ai jamais été doué dans ce domaine et j'ai abandonné. Je suis désolé, madame."

Honnêtement, j'espérais ne pas l'avoir contrariée en baissant la tête.

"Lève-toi et tourne-toi", m'ordonna Angela.

Tout d'abord, il a remis les deux pinces à linge à Cindy, qui, encore une fois après les avoir regardées, a haussé les sourcils puis a mis les deux sur mon pénis : sur la peau de chaque côté des boules à la base.

Puis vinrent cinq coups durs sur mon dos et mes fesses alors que je gémissais et me débattais dans mes attaches.

"Excellent, excellent", a déclaré Mme Victoria avant que je retourne à genoux.

Et ainsi, avec des punitions différentes de la part de toutes ces femmes puissantes, chacune d'elles fut convoquée par ma Maîtresse.

De Nellie, professeur de lycée, à Flora, actrice de feuilleton, à Jane, médecin, à Jemina, professeur d'histoire, à Rosie, artiste dans une émission de talents, à Laura , propriétaire de la chaîne de télévision qui m'a invité. vers son île. .

Il y a eu deux exceptions que je soulignerai plus en détail, Clara, présentatrice d'une chaîne d'information par câble, et Céline, la météorologue de la même chaîne.

Lorsque Mme Clara a été appelée, elle s'est approchée en frappant un grand fouet noir accroché à sa cuisse et s'est arrêtée juste devant moi, touchant presque ma tête baissée.

"Salut Maîtresse, je suis Peter, l'esclave de Maîtresse Lucy", balbutiai-je un peu tremblant et craintif alors que je continuais à faire claquer le fouet sur sa jambe, sachant qu'elle pouvait voir son jouet.

« Levez la tête, monsieur. Savez-vous qui je suis ? »

L'homme a été dit de manière désobligeante pour que tout le monde puisse l'entendre .

Quand j'ai levé la tête et que je l'ai regardée pour la première fois dans la vraie vie, j'ai réalisé qu'elle était encore plus belle qu'à la télévision.

Il avait un corps bien affûté à tomber par terre et ses cheveux étaient actuellement blond foncé jusqu'aux épaules et d'après ce qu'il avait lu, son cerveau surpassait la plupart des hommes.

"Oui, Mme Clara, vous êtes une référence dans le Câble."

Quand j'ai dit cela, j'ai remarqué qu'elle ne prêtait pas attention à ce que je disais, mais regardait plutôt Angela.

J'ai tourné la tête dans la direction d'Angela et j'ai remarqué qu'elle regardait Clara, qu'elle souriait et se léchait les lèvres.

"Cette fille est aussi une farceuse, excitée et qui s'intéresse à tout", ai-je pensé à Angela et j'ai ri doucement à haute voix.

Malheureusement, Mme Clara a pensé que je me moquais d'elle et m'a giflé.

"Mme Lucy ! Votre cochon ose se moquer de moi. Qu'allez-vous faire à ce sujet ?"

"Mes excuses Clara. Angela, prends les pinces et mets-les sur ce salaud. Maintenant !" Elle a commandé.

Quand Angela est allée à la table pour récupérer les pinces, elle a demandé à Lucy à quel point elle voulait qu'elles soient serrées et la réponse de Lucy a été :

"Quand tu ne pourras plus les serrer, ils seront parfaits."

"Mme Clara, j'espère que cela recevra votre approbation" a demandé Lucy.

« Soulevez-le sur la pointe des pieds ! Dit Clara en donnant la pince à épiler à Cindy.

Angela a alors ordonné à Cindy de retirer toutes les pinces à linge de mes tétons et de les mettre sur ma bite une fois que je me suis mis en position.

Cindy ne m'a pas regardé dans les yeux lorsque les quatre pinces à linge ont été retirées et transférées sur ma bite, puis les pinces à linge de Clara ont été placées sur mes couilles.

À ce stade, mon pénis était presque entièrement recouvert de chaque côté par les épingles.

Puis Angela, souriante et sympathique, le chien a fait son truc avec les pinces.

Chaque pince était constituée de deux barres métalliques plates avec des vis à chaque extrémité qui devaient être serrées à la main.

Une fois que chacun a été desserré, il a placé une pince sur un mamelon avec une barre au-dessus et en dessous, puis a demandé à Cindy de tirer le mamelon à travers la pince tout en le serrant.

Une fois qu'ils furent tous les deux retenus, j'étais quelque peu soulagé car seule Cindy les tirant sur eux provoquait une sorte de douleur.

"Maintenant, je vais les serrer, salope", dit-il alors que nous nous regardions tous les deux.

À mesure qu'il les serrait, la douleur devenait insupportable.

Je n'avais jamais ressenti une douleur aussi intense, mais bon sang, je n'allais pas leur donner le plaisir de crier parce que c'était exactement ce qu'Angela voulait que je fasse.

Clara m'a ordonné de me retourner, ce que j'ai apprécié car, après que tous mes fantasmes télévisés avec elle aient été brisés en apprenant qu'elle préférait le sexe opposé, je ne voulais pas la voir me donner une fessée et ressentir l'humiliation.

En réalité, ses coups étaient douloureux mais excitants.

Était-ce à cause de mon humiliation ?

Avec Maîtresse Céline, on n'est jamais arrivé à la phase de la fessée.

Après son approche et ma présentation, j'ai regardé sa beauté et elle a souri, et j'ai dit que je l'avais vue pendant des années chaque week-end en présentant le bulletin météo local et j'ai laissé échapper que j'étais amoureux d'elle et que je la trouvais fantastique.

"Veux-tu essayer ta météo, Peter?"

"Ce serait un honneur, Maîtresse", répondis-je, puis je plaçai ma tête entre ses jambes alors qu'elle soulevait sa robe.

Elle était chaude et mouillée et avait besoin d'un orgasme.

Ma langue travaillait dur sur son clitoris alors qu'elle pompait son corps contre mon visage.

Lorsqu'il était complètement enflé, j'étais capable de le tenir avec mes lèvres pendant que ma langue le parcourait.

Il ne fallut pas longtemps avant qu'elle gémisse d'orgasme et que du jus d'amour me couvrait le visage.

Puis elle a reculé, a laissé tomber le fouet et s'est approchée de ma Maîtresse et lui a demandé en plaisantant si elle me vendrait à elle.

Après avoir fait mes présentations avec chacune des Maîtresses, je me suis agenouillé, la tête baissée et j'ai su que Maîtresse Lucy était devant moi.

"Bonjour, Maîtresse Lucy. Je suis votre esclave, votre esclave Peter."

"Lève la tête esclave"

Quand je l'ai fait, je savais pourquoi elle était là ce soir-là, car sa beauté était captivante et je l'aimais vraiment.

Il ne tenait aucune pince, mais il tenait dans sa main droite un petit fouet, dont j'ai tout de suite su à quoi il servait, puisque dans sa main gauche il tenait un bâillon.

"Bravo esclave. Votre procès sera bientôt terminé et les dames ont accepté de permettre que le bâillon soit mis afin que vous puissiez crier si nécessaire pour le reste de la nuit. Maintenant, Angela, mettez le bâillon sur la suspension avant et serrez-le complètement. ce garçon "

Angela a pris le bâillon et, sans aucune douceur, l'a inséré dans ma bouche et l'a fermement fixé après avoir poussé ma tête.

Les Dames ont regardé tout cela, surtout quand il m'a aidé à me relever par les pinces et que pour la première fois j'ai pu crier dans le bâillon.

Ils m'ont laissé en suspension totale à la vue de tous.

Lorsqu'Angela a reçu l'ordre de retirer les pinces, les dames ont observé avec beaucoup d'intérêt ma réaction au retrait de chaque pince alors que je criais et luttais pour essayer de réconforter mes mamelons.

Puis Lucy est venue et s'est tenue devant moi.

"S'il te plaît, Peter, montre à tout le monde que tu es mon esclave. Maintenant, je vais enlever toutes les pinces à linge avec mon petit jouet et pas très doucement. Tout le monde surveille ta réaction à ce que je fais, alors faisons-le correctement."

J'ai hoché la tête et fermé les yeux, déterminé à ne plus crier alors que les queues du fouet commençaient à atterrir là où une pince à linge avait été placée, mais la plupart d'entre elles étaient sur ma bite et mes couilles.

J'ai gémi et j'ai lutté pour essayer d'échapper au fouet jusqu'à ce qu'il s'arrête enfin et j'ai ouvert les yeux sur une Maîtresse souriante.

"Bravo Peter", dit-elle avant de s'adresser à ses invités. "Il y aura un court intervalle de temps avant la représentation de The Final Suspension. Pourriez-vous s'il vous plaît m'accompagner avec un verre de vin de glace pendant que les filles préparent le divertissement final de la soirée ?"

"De quoi diable parle-t-il ?", pensais-je.

La suspension définitive ? Vont-ils me pendre ?

Puis ils m'ont déposé au sol et m'ont dit de m'agenouiller pendant qu'Angela et Cindy s'affairaient à préparer quoi : ma mort ?

J'étais trop fatigué pour faire quoi que ce soit, même lorsque la lourde barre était déconnectée du câble et placée derrière moi.

Quand j'ai regardé ma bite, je l'ai vue pendre faiblement et je savais que même le Viagra ne serait pas très utile à ce moment-là.

Étonnée, j'ai vu Angela et Cindy sortir un type de moteur, qu'elles ont connecté au fil puis, après l'avoir branché, l'ont testé pour s'assurer qu'il fonctionnait.

Ensuite, la barre retenant les chaînes à mes poignets a été attachée au bas de l'appareil et le tout a été hissé en me soulevant jusqu'à ce que je sois à nouveau suspendu.

Cette fois, ils ont desserré la barre d'écartement de mes chevilles et l'ont retirée lorsqu'ils m'ont remis sur pied.

Cindy a ensuite placé de lourdes menottes en cuir sur mes cuisses, juste au-dessus de mes genoux, et lorsque les deux ont été bien attachées, j'ai été abaissée en position assise.

Je me sentais complètement engourdi et je ne craignais aucune nouvelle tentative de me faire souffrir.

Une chaîne a ensuite été attachée de chaque revers de cuisse à la barre supérieure et serrée jusqu'à ce qu'il apparaisse que j'étais assis avec les jambes écartées, tandis que le câble me soulevait jusqu'à ce que j'étais à environ cinq pieds au-dessus du niveau du sol.

"Cindy, essayons ça avant la représentation finale."

Angela l'a mentionné à voix basse puis a attrapé un câble électrique connecté à l'appareil au-dessus de moi.

Ce qui ressemblait à une sorte de boîtier de commande était connecté au câble dans lequel Angela commença à passer ses doigts.

J'ai d'abord été tourné dans le sens des aiguilles d'une montre, puis dans le sens inverse des aiguilles d'une montre, en tours complets à différentes vitesses, puis j'ai également été secoué de haut en bas.

Satisfaite, Angela a ordonné à Cindy de préparer le dernier morceau, que j'ai regardé d'en haut.

Ils ont transporté un lourd poteau rond en acier de plus de quatre pieds de long jusqu'à une position juste en dessous de moi et l'ont vissé dans ce que je pensais être un trou d'évacuation noyé dans le béton au niveau du sol.

Après s'être assurée qu'il était bien serré et qu'il ne bougeait pas, Angela a attrapé un cône en acier inoxydable dans une boîte et a commencé à le visser dans le haut du poteau métallique.

À ce moment-là, tout cela se passait directement sous mon corps, donc j'avais une bonne vision de ce qui se faisait et de ce que je pensais qu'il allait se passer, ce qui a déclenché une dure séance de combat de ma part car je ne voulais pas être. une partie de cela.

Angela a immédiatement saisi la base de mes couilles, a serré et frappé le sac à couilles qu'elle tenait, aussi fort qu'elle le pouvait avec son poing droit, me faisant crier dans le bâillon car tout ce que je voyais étaient des traces noires brillantes devant mes yeux.

« Arrête ça, Peter, ou je continuerai à te frapper jusqu'à ce que tu t'évanouisses. Tu comprends ? » demanda Angèle.

Je me suis arrêté, mais pour deux raisons, l'une étant la menace d'Angela et l'autre le fait que mon corps était épuisé.

Je n'en pouvais plus parce que la suspension m'en empêchait et je savais que pour le reste de la nuit, je resterais là, à supporter la douleur.

J'ai essayé de reprendre mon souffle en regardant le cône de plus près.

Même s'il était difficile de le dire, le sommet était arrondi et semblait mesurer environ un demi-pouce de diamètre.

Celui-ci s'élargissait sur environ dix pouces de longueur jusqu'à atteindre un diamètre d'environ deux ou trois pouces à la base, ce qui me semblait mesurer environ dix pieds.

Cindy a ensuite recouvert le tout d'une épaisse couche de lubrifiant puis, en plaçant une quantité substantielle sur le bout de ses doigts, a commencé à me frotter l'anus avec.

Elle a ri en crachant en essayant de mettre ses doigts en moi, ce qui s'est soudainement retrouvé en moi, me faisant haleter et gémir.

Pendant qu'on s'occupait de mon cul, Angela a branché un lecteur CD et a rapidement essayé la chanson qu'elle avait choisie pour ce putain d'événement qu'elle avait elle-même créé, qu'elle espérait rendre en nature un jour bientôt.

J'ai immédiatement reconnu la musique... et je savais que son rythme lent rendrait toutes les dames excitées, mais me causerait beaucoup de douleur.

Le lecteur CD était également fixé au boîtier de commande de l'appareil.

Angela avait préenregistré les premières mesures instrumentales de la chanson et la jouait maintenant pour attirer l'attention des dames et leur indiquer qu'elle était prête.

J'ai regardé les dames venir et se tenir en demi-cercle autour de moi à environ cinq pieds de distance et j'ai regardé Angela saluer Maîtresse Lucy alors qu'elle éteignait la musique.

"Mesdames, c'est une courte présentation qu'Angela a imaginée et qu'elle appelle La Suspension Finale.

Mon esclave Peter n'en a été informé que il y a quelques minutes et c'est un bon moyen pour mon esclave de savoir qu'il faut toujours s'attendre à l'inattendu.

"Tu peux continuer Angela," dit Lucy.

"Merci madame," répondit Angela. "J'espère que vous apprécierez le spectacle que j'appelle La Suspension Finale et que tous les hommes devraient endurer pour la représentation du Plaisir de la Douleur."

Angela s'est ensuite retournée et s'est dirigée vers le boîtier de commande et a actionné quelques interrupteurs, ce qui a amené Cindy à s'abaisser et à guider mon corps dans le cône, qui est entré de quelques centimètres dans mes fesses.

J'ai crié dans le bâillon à cette pénétration et en même temps j'ai remarqué que toutes les Dames avaient lié leurs bras et observaient attentivement cette humiliation de mon corps.

Puis la musique a commencé et pendant la première minute, mon corps a été soulevé d'un pouce et abaissé d'un pouce ou deux, puis relevé et abaissé tout le temps au rythme de la musique.

Les Dames, bras dessus bras dessous, semblaient elles aussi bouger du mieux qu'elles pouvaient au rythme de la musique.

Je les ai aussi entendus crier des choses comme "Cela devrait arriver à tous les hommes", "Les femmes règnent", "Les hommes sont des ordures", "Vive le plaisir de la douleur ", avec des acclamations et des applaudissements pendant toute la chanson.

Je savais que la salope Angela serait bien récompensée pour cela, mais je ne pouvais rien faire d'autre que rester là à crier à chaque fois que je pénétrais en territoire vierge.

Pendant la deuxième minute de la chanson, j'ai dû être pénétré de trois ou quatre pouces car je ne bougeais plus de haut en bas, mais maintenant le cône tournait par petits mouvements de gauche à droite.

Puis la dernière minute... fut celle où j'ai crié pendant une minute entière, une minute infinie me semblait-il.

Non seulement la rotation du cône a augmenté, mais le mouvement de haut en bas a également augmenté.

Je ne pouvais entendre que des rugissements d'approbation de la foule et je savais que je commençais à perdre connaissance à chaque battement et finalement, à la fin de la chanson, la rotation s'est arrêtée et mon corps est tombé sur le cône ; mon poids en le perdant autant que possible.

Ensuite, j'ai crié plus fort que je n'avais jamais crié de ma vie, puis je me suis évanoui.

*　*　*

Quand je me suis réveillé, j'étais seul... il n'y avait personne.

Le jour s'était transformé en nuit, mais les lumières de la maison et de la ferme lui fournissaient suffisamment de lumière pour voir où il se trouvait.

Alors que j'étais allongé sous la potence, quelqu'un avait jeté une couverture sur mon corps et en regardant autour de moi, rien n'indiquait qu'une séance d'aucune sorte ait jamais eu lieu.

Avais-je tout imaginé ?

Cette pensée a changé lorsque j'ai essayé de bouger et que j'ai ressenti toutes les douleurs à l'intérieur de mon corps.

J'étais libre de mes contraintes et de mes haut-le-cœur, nu dans l'herbe et je ne savais pas quoi faire.

La musique et les rires venaient de la maison, mais je ne voulais rien y voir et, luttant pour me lever, je me dirigeai vers le bâtiment d'entrée où cela avait été préparé.

J'ai trébuché à travers le bâtiment et j'ai trouvé mon chemin vers ma voiture, dans laquelle je suis rapidement monté et j'ai voulu la démarrer, mais je n'ai pas trouvé les clés.

« Sortez de la voiture, garçon ! »

J'ai levé les yeux et j'ai vu Cindy vêtue d'un chemisier blanc et d'une jupe courte.

Sans soutien-gorge, mon Dieu, elle est belle, pensais-je, mais je savais que je ne pouvais rien faire pour le moment.

"M'as-tu entendu mon garçon ? Sors de la voiture maintenant. Les hommes doivent obéir à toutes les femmes et cela veut dire Peter, maintenant tu vas foutre le camp d'ici dans la voiture."

Étais-je trop fatigué pour discuter ou connaissais-je ma place dans le groupe ?

Quoi qu'il en soit, je suis sorti de ma voiture et j'ai vu Cindy me tendre mes vêtements pour que je les enfile.

« Hé, ces vêtements sont à moi ! "Où as-tu trouvé tout ça ?" Je demande pour.

"Enfile-le et monte dans la voiture, je dois te ramener à la maison et prendre soin de toi. Mme Lucy s'inquiétait pour ton bien-être."

J'étais trop fatiguée pour dire quoi que ce soit et reconnaissante que quelqu'un me ramène à la maison.

Cindy s'est garée sur le côté de l'allée, ne choisissant pas d'entrer ou d'ouvrir le garage.

Les lumières étaient allumées dans la maison et je savais que je n'en avais laissé aucune allumée, alors j'ai réalisé qu'ils avaient pris mes clés et préparé la maison à un moment donné pendant la nuit.

Après m'avoir fait entrer dans la maison, Cindy m'a emmené à la salle de bain et m'a mis sous la douche, dans laquelle elle est entrée avec moi.

Elle m'a lavé, me tenant près d'elle... c'était si doux et si bon que je savais que d'ici peu mon corps reviendrait à la normale.

Alors que l'eau nous éclaboussait, j'ai entendu un grand bruit dans la chambre.

"Qu'est-ce que c'était ? Y a-t-il quelqu'un d'autre ici ?"

"Détends-toi Peter. C'était juste le système de refroidissement central ou quelque chose comme ça. Tu as eu une journée difficile. Allons nous sécher et nous allonger dans le lit."

Elle m'a doucement traîné à sec, embrassant mon corps là où il était douloureux ou marqué et finalement, elle m'a donné un dur baiser sur les lèvres avec sa langue semblant masser la mienne.

Oh mon Dieu, elle m'excite.

Nus , nous sommes allés bras dessus bras dessous jusqu'à la chambre d'amis, qui avait toutes les lumières allumées.

Je pensais que Cindy l'avait fait.

Lorsque nous sommes entrés, j'ai été surpris de voir Maîtresse Lucy nue sur le lit, vêtue uniquement d'un string noir.

"Ah, voici mes deux esclaves. Ils ont tous les deux l'air fantastiques. Viens, Cindy, et rejoins-moi. Non, pas toi, Peter, je ne veux pas d'esclave. Tes services ne seront pas requis ce soir, alors va dans la chambre principale. maintenant!" "

Mon cœur tomba plus bas que jamais en entendant ses paroles et, la tête baissée, je me dirigeai vers ma chambre.

Il faisait sombre, alors naturellement j'ai allumé la lumière et là, sur le sol de la chambre, se trouvait Angela !

Elle était nue avec des menottes métalliques aux poignets verrouillés derrière le dos et également aux chevilles et élevée dans une position de soumission en attachant ses longs cheveux avec une corde qui était étroitement attachée à ses chevilles.

Un bâillon contenait ses halètements alors qu'elle me regardait admirer sa beauté et réalisait ce qui allait se passer ensuite.

À côté se trouvait un petit fouet en cuir avec une seule queue tressée qui ressemblait à un fouet miniature, et au-dessus se trouvait une note.

La note provenait de Mme Lucy et disait simplement :

"N'oubliez pas Peter, attendez-vous toujours à l'inattendu."

Lorsque j'ai levé le fouet, ma virilité est revenue avec force et j'ai su à partir de ce moment que je ne cesserais jamais d'appartenir au Plaisir de la Douleur.

LE SOUHAIT DE SANDY

"Je t'attendrai dans ta chambre d'hôtel habituelle ce soir, j'ai besoin de toi."

Sandy raccroche au téléphone de Sam, attendant nerveusement son grand soir.

Il n'a jamais pris de mesures aussi audacieuses avec un autre amant.

Même si elle était exigeante et affamée comme un loup , aucun homme n'a touché à ses passions les plus profondes comme le fait cet amant.

Et quand elle lui en parle timidement, pour son plus grand plaisir, il y est réceptif.

Son esprit est devenu fou.

Cet amant peut-il vraiment lui donner ce dont elle rêve ?

Dans sa routine quotidienne, Sam est un homme puissant et prospère, un homme que tout le monde dans son monde s'arrête pour écouter.

Et dans son monde, Sandy est une mère mariée et tranquille de banlieue, écoutée également, mais uniquement par les jeunes enfants.

Elle veut du contrôle et du respect presque aussi fortement qu'il veut que quelqu'un prenne soin de lui.

Quelqu'un pour prendre ses responsabilités.

Quelqu'un pour soulager la pression d'être toujours aux commandes.

***

Sandy se tient devant la porte de la chambre d'hôtel, sachant qu'il l'attend à l'intérieur.

Frappe nerveusement à la porte.

Rassemblant son courage et se souvenant de ses fantasmes, il joue un peu son rôle.

"Ouvre la porte maintenant, ou je rentre à la maison."

Sam sourit en entendant la voix de son amant lui ordonner.

Elle peut presque entendre le rire musical qui accompagne la majeure partie de son discours, sachant que dans sa vie, il la fait généralement rire et cela en particulier est un changement de rythme pour elle donc elle doit exploser de joie.

Quand la porte s'ouvre, elle évite un sourire.

Il lui sourit et ses yeux transpercent les siens dans une tentative involontaire de lutter pour le contrôle de la situation.

"Pas ce soir, Sam. Pas ce soir. C'est moi qui commande ce soir, pas toi. Enlève tout et va te coucher. Maintenant, fais un câlin ou je pars."

Sandy prononce ces mots avec une confiance croissante.

Sa voix résonne avec fermeté.

Debout, les pieds bien ancrés au sol, Sandy le regarde se déshabiller.

Chaque vêtement qu'il enlève révèle un peu plus son incroyable physique.

OUAH.

Comme elle aime ça.

"Maintenant, allonge-toi sur le lit. Et ne bouge pas, Sam, ou je m'en vais. Je suis sérieux."

Sandy semble sérieuse et ferme, c'est son premier exercice de contrôle, et son enthousiasme grandit de minute en minute.

Il s'allonge sur le lit, sa masculinité, faible pour le moment, grandissant lentement, créant une ligne perpendiculaire à son corps allongé.

"Vos yeux sont sur moi. Regarde-moi."

Sandy se tient au pied du lit, avec son amant nu devant elle.

Tout en retirant très lentement et délibérément chaque vêtement.

Enfilant lentement sa chemise par-dessus sa tête, il s'arrête devant lui.

Son décolleté dépasse des bonnets de son soutien-gorge noir essayant, faiblement, de maintenir ses seins en place.

Sa taille fine est recouverte d'un corset noir, lacé sur le devant pour souligner ses courbes.

Elle enlève lentement sa jupe, pouce par pouce, révélant un petit string en perles noires avec de délicats nœuds noirs sur chaque hanche.

Se tournant pour qu'il lui fasse face de dos, elle dégrafe lentement son soutien-gorge pour que ses seins oscillent librement sur son corset, libérés de leur prison temporaire.

Sandy soupire de joie.

Tournant le dos à son amant, elle tourne la tête par-dessus son épaule et le prévient à nouveau :

"Ne bouge pas".

Se tournant lentement et lui exposant ses délicieux seins, elle porte le soutien-gorge dans ses mains.

En le jetant vers le lit, il tombe sur son genou.

La dentelle du soutien-gorge lui chatouille le genou et elle commence à se pencher pour l'enlever.

Sandy le regarde sévèrement :

"C'est votre premier avertissement. Ne bougez pas. Vous savez très bien ce qui se passera si vous le faites."

Alors que vous avez du mal à rester immobile, vous avez l'impression que votre soutien-gorge est inconfortable et vous chatouille le genou.

Il est de plus en plus conscient de sa présence.

Sa peau picote avec l'envie de se gratter.

Alors que leurs regards continuent de se croiser, Sandy tire lentement les liens sur les côtés de son string noir, le dénouant.

Pendant ce temps, il tombe au sol avec les autres vêtements.

Debout, maintenant complètement nue à l'exception du corset, Sandy lève lentement son genou gauche du pied du lit jusqu'au matelas, sur le point de ramper vers celui-ci.

En soulevant l'autre genou, elle est à ses pieds.

Avec ses mains tendues vers l'avant, son corps se balance légèrement avec une luxure incontrôlée.

Elle se met à genoux, imitant son désir de chevaucher sa bite dure, tout en le regardant dans les yeux avec convoitise.

Sam est allongé là, prêt à garder ses mains à ses côtés, luttant contre l'envie de prendre le contrôle de ce magnifique chaton sexuel au pied de son lit.

Il se rappelle combien de temps ils ont attendu pour réaliser correctement ce fantasme, et il veut le réaliser dans les moindres détails.

Il se tortille d'impatience, se rappelant que s'il bouge, il va gâcher ce délicieux jeu.

Sa queue est au garde-à-vous et Sandy ne peut s'empêcher de remarquer à quel point il est absolument appétissant.

Se léchant les lèvres de manière suggestive, il croisa son regard, remarquant la sueur qui se formait sur sa lèvre supérieure.

Alors qu'il a du mal à réaliser ses souhaits pour cette nuit-là.

Elle s'arrête et se rend compte que son soutien-gorge frotte toujours contre son genou, sachant que la matière du tissu doit le rendre fou.

Heureusement pour lui, elle le soulève de son genou.

Mais ensuite, elle fait courir lentement le tissu en maille et en dentelle le long de sa cuisse, sur son aine, caressant légèrement sa peau, jusqu'à ce qu'elle le jette finalement derrière elle vers la pile de vêtements jetés au pied du lit.

Glissant gracieusement son corps, elle rapproche sa bouche de quelques centimètres de la sienne.

En regardant ses lèvres, elle sait que c'est la bouche qu'elle embrasse avec une passion brute, avec une telle faim.

Elle sait qu'il lutte contre son désir le plus fort de ne pas rester immobile et de la dévorer avec sa bouche.

Assise sur sa poitrine, soutenant son corps avec ses jambes fortes, sa chatte avide et sa peau luxuriante se frottent contre son torse.

A cheval sur lui, elle lui demande doucement :

"Voudrais-tu me goûter ?"

Tremblant, sachant qu'ils ont complètement échangé le pouvoir pour la nuit, il ne peut qu'acquiescer.

En réponse à son signe de tête, Sandy passe son majeur sur sa fente dégoulinante, se soulevant légèrement pour qu'il la regarde.

Avec son doigt luisant de son jus, il le passe sous son nez, sans toucher sa peau.

"Peux-tu me sentir, Sam ?"

Il hoche à nouveau la tête.

"Voudrais-tu me goûter, Sam ?"

Sandy absorbe complètement son rôle de responsable et aime le taquiner et le taquiner, sachant qu'à la fin de la nuit, ils auront vécu quelque chose de complètement nouveau.

Sandy pose son doigt sur sa lèvre supérieure tremblante, lui donnant son jus comme une oasis dans le désert.

Lorsque vous passez votre doigt sur ses lèvres, elle se penche en avant, de sorte que ses seins se balancent et frôlent sa poitrine.

Tirant la langue, il ne lèche que ses lèvres, partageant son jus, goûtant ses lèvres, se retenant de le dévorer, sachant qu'une fois qu'il l'embrassera, il perdra le contrôle pour lequel il a travaillé si dur .

Les lèvres tendues pendant qu'elle joue, Sandy retrouve rapidement sa légère perte de sang-froid.

En mettant son doigt entre ses dents, il lèche son essence.

Ses yeux et les siens ne se séparent jamais et avec leur regard ils se sont déjà baisés des milliers de fois avant même que leurs parties du corps ne convergent.

Glissant un peu le long de son torse, ses fesses jouent avec sa bite dressée tandis que ses fesses enveloppent sa virilité palpitante qui lutte pour pousser entre ses jambes.

Elle continue de glisser en arrière, sa fleur chaude et chaude effleurant le bout de sa tige dure, le tentant et le taquinant avec sa chaleur.

Elle glisse le long de ses jambes, qu'il lutte pour maintenir immobiles, jusqu'à ce que sa bouche atteigne son érection massive.

Glissant lentement le bout de sa langue entre ses lèvres, Sandy lui lèche la tête, mais rien d'autre.

Son amant s'efforce de l'enfoncer profondément dans sa gorge, mais elle refuse de succomber à son envie de l'enfermer dans sa bouche.

Au lieu de cela, elle le tourmente lentement, se contentant de lécher comme un cornet de glace, goûtant la tête arrondie de sa queue.

"Tu en veux plus, Sam ?" » demande gentiment Sandy.

"Euh huh," une réponse étranglée émerge de sa gorge.

"J'ai besoin que tu montres ce que tu veux. Montre-moi quoi faire avec ta bouche."

Quand Sandy dit cela, elle fait glisser son corps de sa bite vers sa bouche, où elle plante sa chatte dégoulinante à côté de sa bouche.

"Montre-moi comment tu aimes être léché. J'ai besoin d'apprendre et toi seul sais ce dont tu as le plus besoin."

Sandy chevauche directement sa bouche, tout en saisissant le côté de sa tête à deux mains, guidant sa tête vers l'avant pour mettre sa bouche et sa chatte en contact direct.

"Mange-moi. Montre-moi à quel point tu me veux."

Lorsqu'elle lui ordonne de faire cela, Sandy lâche sa tête et s'allonge sur ses bras, rapprochant sa chatte de sa bouche.

Rejetant la tête en arrière en extase, elle se rend compte que son amant apprécie à nouveau pleinement son jeu de rôle alors qu'il tourne avidement sa chatte, sachant que si elle fait du bon travail, les récompenses seront immenses.

Passant sa langue sur ses lèvres, ouvrant sa fleur, suçant son clitoris, il se sent tour à tour plus incroyable dans sa bouche affamée.

Il continue de la lécher jusqu'à ce que son excitation lui coule sur le menton.

Il tend la main pour lui attraper les hanches et elle recule rapidement.

"Je t'ai dit de ne pas bouger. C'est ton deuxième avertissement."

Alors qu'elle retire rapidement sa chatte de sa bouche, elle observe le regard perplexe dans les yeux de son amant.

Incapable de rester complètement dans le personnage, Sandy se penche en avant et lèche tendrement le jus de son visage, l'embrassant sur les joues et le regardant dans les yeux pour qu'il comprenne qu'elle joue vraiment le jeu, mais que rien ne l'éloignera vraiment de lui.

Après qu'elle lui ait léché la bouche, le rappel de sa propre excitation lui fait presque perdre le contrôle.

Tremblante pour maintenir son rôle, elle s'éloigne à nouveau rapidement de lui et descend du lit pour regarder son amant allongé là, attendant son prochain mouvement.

Sa queue scintille à l'endroit où elle a léché la tête, mais elle remarque une petite goutte de précum qui pousse du bout.

"Sam, on dirait que tu es vraiment excité. Peux-tu m'en parler ?"

"Tu me rends fou, Sandy. C'est la torture la plus douce que j'aie jamais connue."

"Eh bien, Sam, la patience a ses récompenses et je veux que nous apprenions tous les deux quelque chose. Et je ne suis pas près d'en finir avec toi."

Pendant qu'elle dit cela, elle se lève rapidement du lit et se penche pour donner à son amant une vue sur son cul merveilleusement arrondi.

Il gémit de convoitise, sachant qu'il n'a qu'à regarder.

Elle sort quelque chose de son sac et se retourne en tenant un petit objet, mais avec le poing fermé, évidemment, car elle n'est pas prête à ce qu'il la voie.

"Fermez les yeux", ordonne-t-il.

Chaque parcelle de leur volonté est mise à l'épreuve car les seules restrictions et interdictions qu'ils utilisent pour ce jeu de rôle sont purement mentales.

Il a choisi de ne pas bouger ni d'ouvrir les yeux, simplement parce que Sandy l'a demandé.

Il sent son corps bouger à côté du sien et le matelas bouge légèrement car elle a dû s'asseoir à côté de lui.

Sa petite main touche la tête de sa queue, son doigt frottant le précum autour du haut.

"Sam, tu as l'air d'être prêt à exploser. Mais je suis prêt pour ça. Mais ne t'inquiète pas et n'ouvre pas les yeux et ne bouge pas."

Le silence est assourdissant car le seul bruit dans la pièce est sa respiration de plus en plus laborieuse.

Sandy attrape sa queue d'une main et de l'autre il glisse quelque chose sur la tête, un anneau de métal froid qui lui fait frissonner le corps et fait frissonner sa colonne vertébrale.

Elle fait glisser l'anneau jusqu'à la base de sa queue et son pouls se contracte.

Immédiatement, vous vous sentez devenir plus fort et gonfler.

"Ouvre tes yeux."

Son amant ouvre les yeux et capte un éclair de métal et un coussinet à la base de son érection massive.

"Un anneau pénien, hein ?"

"C'est mon joker en matière de sécurité, Sam. J'ai beaucoup à voir avec toi et je ne veux pas que ça se termine avant d'avoir commencé. Tu le sens ?"

"Oui, c'est serré."

"Ce est inconfortable ?"

"Non, juste différent."

Son amant déglutit, un peu nerveusement, n'ayant jamais utilisé aucun jouet pour adulte.

"Le roulement est conçu pour me donner du plaisir. Je vais voir ce que ça donne. Restez immobile."

Sandy apprécie son jeu de contrôle et son excitation commence à atteindre son paroxysme.

Ses jus chauds coulent à flots, il ne lui reste plus qu'à l'enfourcher et à se jeter sur lui, qui la remplit immédiatement de son énorme bite.

Elle se penche en avant et fait rouler le rouleau sur son clitoris.

Son corps réchauffe immédiatement le métal froid et se presse de manière suggestive contre son point magique alors qu'elle se balance en avant.

Sa queue se cambre légèrement alors qu'elle se serre dans la douille.

Elle attrape ses poignets avec ses petites mains, bien que tout type d'immobilisation soit purement symbolique, puisqu'il pourrait facilement la vaincre.

Son jeu n'est pas vraiment une question de pouvoir.

Elle se pose simplement en agresseuse, en héroïne conquérante.

Avec un clin d'œil sournois de compréhension tacite entre eux, leur plaisir mutuel s'intensifie.

"C'est ce que je veux, Sam. Peux-tu me sentir ? Peux-tu sentir à quel point tu me fais chaud ?"

Sandy se mord la lèvre inférieure en appuyant plus fort.

Les parois de son vagin se resserrent, saisissant le membre de Sam avec une domination possessive.

Elle se tient plus haut, serrant sa queue alors qu'il sent l'anneau pénien restreindre son excitation, la rendant plus difficile.

Sam grimace alors que son instinct est d'enfoncer sauvagement ses hanches dans les profondeurs de ses charmes féminins.

Mais se rappelant qu'il a déjà deux avertissements, il peine à se contenir.

Sandy glisse jusqu'au sommet de sa queue, avec juste la tête en elle, et reste parfaitement immobile, prête à le libérer ou à l'entourer.

Le moment de tension continue lorsque Sandy reste parfaitement immobile.

"Sam, est-ce que tu apprécies ça ? Aimes-tu la façon dont joue ton amant ? Peux-tu me suivre à nouveau ?"

Les taquineries ludiques de Sandy ravissent Sam lorsqu'il réalise qu'il ne peut franchir la ligne qu'une seule fois.

Au lieu de lui répondre, il soulève ses hanches et lui enfonce son membre palpitant plein de virilité.

Le roulement de l'anneau pénien roule sur son clitoris et il lui sourit d'un air espiègle,

"Trois avertissements m'envoient sur le banc ?"

Sandy frémit un instant, déterminée à garder le contrôle, et sourit à Sam.

"Analogie avec le baseball, hein ? J'appellerais ça une faute. Allons-y pour un autre lancer."

Sandy continue de tenir le poignet de Sam dans une sorte de fausse prise alors qu'elle s'éloigne de lui à contrecœur.

En le regardant, la prémisse du jeu devient soudainement moins importante.

Elle veut que cet homme pousse en elle et elle perd sa volonté de minute en minute.

"Je pense que je dois vérifier auprès du lanceur", déclare Sandy, gardant l'analogie avec le baseball mais se penchant pour embrasser Sam.

Pressant sa bouche contre la sienne, elle gémit de convoitise, alors que le jeu de rôle s'évapore rapidement.

À bout de souffle, elle s'éloigne de lui.

"Baise-moi maintenant. C'est mon ordre, Sam."

Sam sourit à son Sandy et pousse un soupir de soulagement.

« Avec ou sans cette chose ?

Sam montre l'anneau pénien avec curiosité.

"Sur ce, jusqu'à ce que tu sois sur le point d'atteindre l'orgasme, je l'enlèverai."

Sandy se retourne sur le dos et écarte les jambes avec une invitation séduisante.

"Sam, souviens-toi que je suis toujours aux commandes et je veux que tu me baises avec ta bouche."

"Avec plaisir, ma maîtresse. Avec plaisir. Maintenant c'est à votre tour de rester tranquille."

Alors que Sandy écarte les jambes, Sam se positionne entre elles et fait tournoyer avidement sa langue entre elles, à la recherche du nectar. glisse sur sa langue, qui coule avec gratitude pour son excitation.

Alors qu'il lèche sa fleur ouverte, faisant les cent pas autour d'elle, Sandy gémit avec un désir primaire.

Sandy se perd dans les sensations de la langue de Sam et flotte vers un endroit très éloigné de sa chambre d'hôtel.

Lui saisissant la tête, elle l'invite silencieusement à se joindre à son voyage extatique.

Sam mesure ses réponses et sait qu'elle est au bord de son orgasme.

Il glisse sur son corps, son goût toujours sur ses lèvres.

Alors qu'il enfonce sa bite en elle, il l'embrasse profondément sur la bouche.

En la pénétrant avec aisance, Sam sent ses murs tremblants l'entourer.

Elle sent son anneau contre son clitoris alors que Sam le pousse encore et encore, lui montrant qu'il faut être deux, pas un, pour faire l'amour.

Elle plie ses jambes en arrière jusqu'à ce qu'elles reposent sur les épaules de Sam, et il la pénètre complètement.

Son corps est plein de lui, son clitoris le chatouille et il ressent chaque profondeur de sa féminité.

Sam consume son visage, son cou et ses épaules avec ses baisers.

"Oh, Sam."

Sam accélère le pas, sachant que son Sandy est très proche de l'apogée.

Elle commence à bouger et il se souvient de la prémisse de la nuit.

"Etes-vous prête, ma maîtresse ?"

"Je le suis."

S'arrêtant un instant, Sam se retire à nouveau de Sandy.

Elle attrape sa bite, saturée de son jus, et roule l'anneau pénien.

La boule de métal arrondie trace un chemin invisible le long de votre queue.

Tenant l'anneau lumineux dans sa paume, il sourit au symbole de leur extase mutuelle.

Sandy porte l'anneau à sa bouche et lèche la circonférence, sans jamais détourner le regard des yeux de Sam.

Tenant l'anneau entre ses dents, elle se penche vers Sam alors qu'il le retire de ses dents, pour ensuite le jeter sur le lit.

"Tu es si belle que rien ne peut m'empêcher de vouloir être en toi, de toutes les manières."

"Prends-moi, mon amant."

Sans un autre mot, Sam pousse son érection déchaînée dans l'ouverture affamée de Sandy.

Elle l'accueille pratiquement à l'intérieur avec un cri de bienvenue.

Il la pousse sauvagement à plusieurs reprises, encore et encore.

Sandy gémit avec une passion incontrôlable.

" Mmmmmmmmmmm , Sam. Oh chérie. Comme ça, comme ça, plus fort, comme ça . "

"Oh bébé, Sandy, je t'aime tellement."

"Allez Sam, plus fort."

Sam fait une pause un instant, se sortant de la chaleur de Sandy.

"Sandy, je suis prête à exploser. Es-tu prête ?"

"J'étais prêt pour toi dès que tu es entré, Sam."

Quand Sandy dit cela, elle s'accroupit, guidant Sam vers son ouverture impatiente.

D'un mouvement rapide, Sam pousse vers Sandy et serre les dents.

Enfouissant sa bite palpitante au fond d'elle.

Elle gémit comme une femme qui a soudainement été remplie de tout ce dont elle a besoin.

"Oh Sam, tu l'as toujours énorme pour moi."

"Pourquoi ton mari ne l'a-t-il pas préparé pour toi ? Je me suis excité toute la journée . J'ai adoré te voir prendre le contrôle."

"C'est vrai que tu ne l'as pas comme ça, et j'aime partager ce que tu as avec moi."

Les amants arrêtent de parler et commencent à avancer plus vite, tous deux si dangereusement proches de leur apogée.

Sam pousse à plusieurs reprises et Sandy se lève pour répondre à chacune de ses poussées alors qu'ils valsent dans une joie primale.

"Oh Sam, jouis avec moi... je suis déjà là..."

Sandy halète et se tord alors que son visage se tord avec une passion incontrôlée alors que des vagues de muscles en contraction envahissent son corps et rayonnent de plaisir à travers son corps.

"Oh Sandy..."

Le corps de Sam se raidit et il la prend dans ses bras alors qu'il transfère toute son énergie de sa bite palpitante au corps accueillant de Sandy.

Son foutre coule en elle, tandis que son jus coule autour de sa queue, en extase liquide.

S'effondrant à bout de souffle sur le matelas, ils se tiennent la main alors que leurs battements de cœur ralentissent.

"C'était bien mieux que le coup rapide habituel, tu ne trouves pas ?" Sam sourit méchamment à Sandy.

"Oh, oui, et mon mari partant en voyage a été utile. Nous avons donc pu mieux profiter de notre chambre."

"Eh bien, chérie, je ne voulais vraiment pas dépenser toute ma passion refoulée pour mettre ma femme au lit. Je voulais tout te donner."

« Et je voulais que tu me donnes tout. Je dirais que nous avons réalisé notre souhait, n'est-ce pas ?

"Ouais. Et nous avons encore du temps pour en faire plus puisque ma femme ne m'attend pas de si tôt à la maison... »

"Brillant! "Nous allons devoir rendre cette savoureuse bite dure à nouveau", dit Sandy en se penchant pour lui lécher à nouveau la bite...

ZOMBIE APOCALYPSEX

87

La meilleure partie de l'apocalypse zombie ?

Les filles vous remercient lorsque vous leur sauvez la vie.

Je le dis sérieusement.

C'est vraiment le cas, même si vous avez un type comme le mien.

Je ne suis pas le gars le plus grand de la ville, ni le plus intelligent, ni le plus beau.

Je suis aussi normal que possible.

Je mesure cinq pieds sept pouces.

J'ai les cheveux bruns raides que je laisse courts.

Ce ne sont pas des cheveux acajou ou bruns.

Il n'est ni long, ni ondulé, ni particulièrement brillant.

C'est marron, comme un dessin animé marron typique.

Je ne suis ni gros ni maigre.

Je suis juste, bon sang, je ne sais pas.

Pas en forme?

Le meilleur exercice que j'ai jamais fait a été de balancer l'épée médiévale que j'ai achetée lors d'un festival de la Renaissance il y a quelques années.

Bon sang, j'ai adoré faire tourner cette mauvaise fille.

Il a même acheté des pastèques, les a appuyées sur un poteau de clôture et les a coupées comme un véritable guerrier médiéval.

Je l'admets.

Dans mon esprit, j'ai toujours été un peu mauvais.

Qui pourrait imaginer que tous ces coups d'épée seraient un jour utiles ?

Mais rien de tout cela n'a suffi à sauver ma mère ou ma sœur.

Je suppose que je devrais dire que je ne pouvais pas non plus sauver mon père.

Mais c'est drôle de dire que je n'ai pas pu le sauver, alors que c'est moi qui lui ai coupé la tête.

Ouais, c'est nul.

J'ai aimé l'ancien.

J'étais en train d'aiguiser Excalibur, comme j'appelais mon épée, sur mes genoux lorsqu'il entra dans ma chambre.

J'ai réalisé que quelque chose n'allait pas.

Il était couvert de sang partout, et j'ai appris plus tard qu'il appartenait à maman.

Je n'ai pas vu où il avait été mordu, mais cela n'avait pas d'importance.

Il grogna, comme dans les films.

C'était un bruit profond et guttural qui semblait provenir d'un animal plutôt que d'un humain.

Il chancela vers moi, les mains couvertes de sang tendues, et je compris.

Je ne sais pas comment je le savais, je le savais juste.

Alors je me suis levé et j'ai crié quelque chose comme "Reculez !"

Comme il ne réagissait pas, j'ai balancé l'épée.

Mon premier meurtre.

Papa.

Mort et mort encore.

Après avoir vomi, je me sentais bien.

J'ai couru à travers la maison.

J'ai trouvé maman morte et en morceaux.

Ma sœur était dans le jardin avec trois autres zombies qui la mordaient encore.

Elle a toujours été une pute.

J'ai pris soin de chacun d'eux sans préjugés extrêmes.

C'était plus facile qu'il n'y paraît.

Avec la nourriture devant eux, ma sœur, les zombies ont l'intention de manger.

Ils ne se soucient pas beaucoup de savoir si quelqu'un d'autre se joint au festival.

Ils ne se soucient pas s'il y a plus de déjeuner gratuit à proximité.

Tout ce qui les intéresse, c'est d'accéder aux friandises à l'intérieur.

Après la disparition du cœur, des poumons et des organes, les problèmes commencent.

Puis ils se lèvent et cherchent davantage.

Le problème, c'est la rapidité avec laquelle ils peuvent manger.

Ils peuvent traverser un humain plus vite que, eh bien, je ne sais pas quoi.

Après avoir tué le dernier des zombies qui mangeaient ma sœur, j'ai regardé ce qui restait d'elle.

Ce n'était pas joli.

Il y avait des morceaux de poumon et la plupart de ses intestins.

Apparemment, les zombies n'aiment pas manger de la merde.

Vraiment, qui peut leur en vouloir ?

Nancy Williams est la bombasse coincée qui habite à côté de chez moi.

Il y a un jardin qui sépare nos maisons.

Je me suis arrêté assez longtemps pour enfiler mes baskets et j'ai couru vers sa maison.

Peut-être que c'était trop tard, je ne savais pas, mais je devais essayer.

Nancy était peut-être une garce coincée, mais elle ne méritait pas de mourir entre les mains et la bouche d'un zombie.

Cela ne s'est pas bien passé.

Pendant que je courais, j'ai pu voir que leurs lumières extérieures étaient allumées.

Les lumières fonctionnent comme un détecteur de mouvement.

En me rapprochant, je pouvais comprendre pourquoi ils étaient allumés.

Trois morts-vivants se trouvaient dans la cour et se dirigeaient en titubant vers sa porte.

J'ai regardé le premier courir vers la porte avant que je puisse y arriver.

Comme un idiot, le père de Nancy a ouvert la porte et il a été le premier à mourir.

Cela m'a donné l'occasion d'éliminer les trois zombies qui sont tombés sur le gars pour le dîner.

Comme je l'ai dit, lorsqu'ils mangent, les morts-vivants ignorent tout le reste.

Le père de Nancy ressemblait à une épave.

J'ai sauté sur son corps et j'ai appelé Nancy.

Par contre, j'ai eu de la chance que la mère de Nancy soit sortie.

"Qu'as-tu fait à mon mari ?" elle a crié et m'a lancé une lampe.

Une putain de lampe !

Je l'ai frappée avec Excalibur.

Tout ce baseball auquel il avait joué quand il était enfant l'a également aidé.

"Mme Williams ! Zombies !" J'ai essayé d'expliquer.

Elle m'a lancé un regard sauvage et a couru vers la dépouille de son mari. Mauvaise idée.

Peter Williams était assez mauvais pour mourir et revenir.

Il a attrapé sa femme et a commencé à manger.

Ce sont ces cris qui m'empêchent encore de dormir certaines nuits aujourd'hui.

Même si ce n'est pas la dame. Williams, quand j'entends des cris au loin, je remplace toujours leurs cris par ceux que j'ai entendus ce jour-là.

Être mangé vivant, ça fait mal.

J'ai eu tout le temps de résoudre le mystère.

S'ils vous mordent, vous vous retournez.

Peu importe où ils vous mordent, c'est juste qu'ils le font.

Il faut éviter d'être un morceau.

Et ne me demandez pas pourquoi, mais avoir des tripes de zombie ou du sang sur vous ou dans la bouche ne suffira pas.

Si la morsure est mortelle (M. Williams a été mordu en premier à la jugulaire) et que les autres zombies ne vous mettent pas en pièces, vous pouvez vous retourner assez rapidement.

Dès que tu mourras, je suppose.

S'il s'agit d'une morsure non mortelle, le venin met un certain temps à faire son travail.

Vous mourez toujours et devenez l'un des morts-vivants, mais cela peut prendre quelques heures, voire quelques jours.

C'est pourquoi, au bout d'un moment, vous commencez à tuer les nouveaux mordus avec autant d'impunité que vous en donnez à ceux qui sont déjà transformés.

Pourquoi pas?

Ils vont simplement causer des problèmes tôt ou tard.

Je ne fais pas grand chose de ça, mais je le fais.

Mme Williams criait toujours alors qu'elle était assassinée dans le sang (dans la description la plus précise que je puisse donner) lorsque Nancy a couru dans la pièce.

J'étais confus et effrayé.

Elle a vu ce que son père faisait à sa mère.

"Fais quelque chose!" elle m'a crié dessus.

J'étais déjà là-dedans.

J'ai balancé l'épée sur la tête de M. Williams et je l'ai décapité.

Déchirée et mutilée, mais à peine mangée, la mère de Nancy s'est rapidement retournée.

Elle m'a grogné et c'était tout ce dont j'avais besoin.

À un moment donné, il était sans tête.

"Saint ciel!" » dit Nancy.

"Oui. Des zombies", expliquai-je.

"Pas de merde", dit-elle.

Il portait un t-shirt moulant et un short en coton.

Il avait l'air chaud comme l'enfer.

Elle ne portait pas de soutien-gorge.

Ses mamelons étaient durs comme l'enfer.

C'est drôle comme je peux me souvenir de tout ça comme si c'était arrivé hier.

"Il y a plus?"

« Encore trois morts au front », dis-je.

J'ai fait de mon mieux pour repousser les restes de ses parents et fermer la porte.

La télévision était allumée dans le salon et les présentateurs étaient entrés dans la programmation avec les dernières nouvelles.

La merde était réelle et ça se passait partout.

Personne ne savait pourquoi.

Personne ne savait s'il y avait un point zéro.

Personne ne s'en souciait.

Nancy et moi nous sommes dirigés vers le canapé et avons regardé l'écran avec étonnement.

"Merci de m'avoir sauvé la vie", a-t-elle dit après avoir pris conscience de la réalité des temps nouveaux.

"Pas de problème", dis-je.

"Pourquoi moi?"

"Parce que tu es jolie", lui dis-je.

C'était la vérité et j'avais trop peur pour mentir.

"Merci", a-t-il dit et nous avons continué à regarder la télévision.

Je ne me souviens pas quand c'est arrivé, mais après un moment, Nancy m'a suggéré de prendre une douche et de laver le sang.

Je l'ai fait.

Il m'a donné quelques-uns des vêtements de son père à porter.

Cela ne me convenait pas très bien.

Je ne m'en souciais pas.

Je pourrais rentrer chez moi et chercher des vêtements.

Puis il m'a emmené dans sa chambre.

"Je ne veux pas mourir vierge", dit-il en m'embrassant timidement.

"Es-tu vierge?" J'ai demandé.

Considérant que les morts revenaient à la vie et mangeaient les vivants, c'était probablement un petit détail, mais cela m'a quand même surpris.

"Si toi non?"

"Putain non," dis-je.

"Merde."

"Je suis sérieux", ai-je insisté.

Elle a posé sa main sur sa hanche et m'a lancé ce regard pervers classique qui, heureusement, se termine après le lycée.

"Qui?" il a ordonné.

"Katty Walker ? Andy Muller ?"

"Non , en fait, je l'ai fait d'abord avec Vicky Flowers , mais j'ai aussi fait quelque chose avec les deux autres. Et ils étaient amusants. Elles me manquent".

"Pourquoi n'en as-tu pas sauvé un ?"

"Tu étais plus proche."

"Je ne peux pas croire que je suis vierge et que tu ne l'es pas", a-t-elle dit.

"Cela signifie simplement que je sais ce que je fais", suggérai-je.

"Si nous ne mourons pas et que tu en parles à quelqu'un, je vais te tuer."

J'ai placé Excalibur à côté de la porte de sa chambre, où il pouvait facilement l'attraper.

Puis je l'ai embrassée.

Je n'ai pas joué à l'embrasser, je veux dire, je l'ai embrassée.

Putain.

J'étais le héros.

Il avait vu assez de films.

J'allais l'embrasser comme un héros.

J'ai pressé mes lèvres contre les siennes et j'ai poussé ma langue dans sa bouche.

Nancy gémit de surprise avant de fondre contre moi.

Puis il s'écarta et ôta sa chemise.

J'avais raison.

Elle ne portait pas de soutien-gorge, elle avait de gros tétons et ses seins étaient parfaits, ils me servaient comme un morceau de gâteau de chaque côté.

Je suppose que c'est salace de ma part d'entrer dans les détails de ce qui s'est passé ensuite, mais merde.

Jusqu'à ce moment-là de ma vie, Nancy était le dix parfait pour moi.

Elle était la fille sexy que tous les hommes utilisaient dans leurs fantasmes.

J'ai enlevé les vêtements de son père (effrayant, je sais) et je lui ai laissé voir ma bite dure.

"Je ne sais pas quoi faire", a-t-il déclaré.

"Enlève ton short et je m'occupe du reste", lui dis-je. "Tu as déjà vu une bite dure, n'est-ce pas ?"

"Dans les films et autres choses."

"Assez bien. Alors tu sais que tu es censé le sucer en premier, n'est-ce pas ?"

"Je dois?"

"Non, tu peux mourir vierge", dis-je en faisant semblant de m'habiller.

"Attends, comme ça ?" elle a demandé.

Elle a enroulé ses jolies lèvres charnues autour de moi et a commencé à sucer.

Elle n'était pas très douée pour ça.

Elle n'était pas aussi bonne qu'Andy Muller .

Maintenant, cette salope pourrait sucer une putain de bite !

Mais cela n'avait pas d'importance, pas vraiment.

Cela n'allait pas rentrer dans la bouche de Nancy.

Je voulais juste voir son visage enroulé autour de ma bite.

C'était un souvenir de mon frère dont elle ignorait l'existence.

C'était un merci à toutes les fois où l'un de nous, le frère, avait dit à l'autre : La seule chose qui la rendrait plus jolie serait de la voir enroulée autour de ma bite.

Pendant qu'elle buvait une gorgée, je me suis retrouvé à espérer que mon frère allait bien.

"Je le fais, n'est-ce pas ?" elle a demandé.

"Assez bien", dis-je.

J'étais prêt à baiser.

Va te faire foutre.

J'emmerde tout.

"Pourquoi ne montes-tu pas sur le lit ?"

Nancy grimpa sur le lit, s'allongea sur le dos et me regarda pensivement.

"Est-ce que ça va faire mal ?"

"Peut-être", dis-je en me plaçant entre ses jambes pour la première fois.

Vicky avait été la première.

Avant de le faire, nous avions lu comment procéder.

C'est ce que font les nerds, je suppose.

Je savais, grâce à nos lectures, que certaines filles, celles dont l'hymen était intact, pouvaient ressentir une vive douleur lorsqu'il se brisait.

Il y a peut-être un peu de sang.

À partir de là, tout se passerait bien.

C'est comme ça avec Vicky et Andy.

Ce n'était pas le cas de Nancy.

Je me suis glissé en elle sans aucun problème.

"Es-tu sûr d'être vierge ?"

Eh bien, rétrospectivement, ce n'était pas la chose la plus appropriée à dire lorsque vous tombiez sur une fille qui vous disait qu'elle était vierge.

"Putain de salaud ! Lâche-moi !" cria-t-elle en se secouant contre moi.

Je m'en suis sorti.

"Qu'est-ce que tu veux dire, bordel ?"

"Je dis juste que les autres filles..."

"J'emmerde ces putes", dit-il avant de se mettre à pleurer.

Parfait, pensais-je.

Comme si une apocalypse zombie ne suffisait pas, il a dû faire face à un enfant gâté qui pleurait.

"Je suis désolé", dis-je en me levant de son lit.

"Où vas-tu?"

"Je ne sais pas. À la maison ? Tuer plus de zombies ? Je ne sais pas."

"Mais je pensais qu'on allait le faire, tu sais..." Elle sanglotait toujours.

"Nous venons de le faire. C'est tout ce qu'il faut, un seul coup. Félicitations, maintenant tu n'es plus vierge."

"Mais Julian a dit que ça ne comptait que si j'avais un orgasme."

" Julien ? Julian Walker ?" J'ai demandé.

Elle acquiesça.

était Julian Walker .

Il était le joueur vedette de l'équipe de football de notre lycée et était son petit ami.

"Est-ce que toi et Julian baisez ?"

"Nous faisons cette partie, mais Julian a dit que j'étais toujours vierge parce que je n'avais pas d'orgasme."

"As-tu déjà eu un orgasme ?"

Elle rougit et hocha la tête.

"Quand je le fais moi-même."

"Avec tes doigts."

"Hé, non ! J'utilise mon jouet. Je ne vais pas me toucher là."

"Puis-je voir ton jouet ?"

"Non," dit-elle.

"D'accord," j'ai haussé les épaules.

J'ai ramassé le pantalon surdimensionné de son père.

J'ai dû porter quelque chose sur le chemin du retour.

"Attends, le voici", dit-elle en sortant un énorme vibromasseur en caoutchouc du tiroir de sa table de nuit.

"Est-ce que tu utilises ça sur toi-même ?" Ai-je demandé, abasourdi.

Elle acquiesça.

"À l'intérieur ou à l'extérieur ?"

"Les deux. J'aime ça à l'intérieur, vraiment profond. C'est mauvais, non ? Julian a dit que c'était pour ça que c'était si gros là-bas."

J'ai été confus pendant un moment.

Il n'était pas en elle depuis longtemps, mais il était loin d'être trop gros.

Elle se sentait tendue.

Je savais que les tensions n'avaient rien à voir avec la virginité, il ne restait donc qu'une seule réponse.

« Puis-je vous poser une question ? Qui est le plus gros, le mien ou celui de Julian ?

Je lui ai fait face avec ma bite toujours dure devant elle.

Celui de Julian fait la moitié de cette taille. Es-tu noir ? "

"Quoi?"

" Julian a dit que les seuls gars avec des bites plus grosses que lui étaient noirs. "

"Nancy ? Julian t'a menti. Je suis plus grande que la moyenne, mais je ne suis pas un monstre de la nature."

" Julian a dit que tous les mecs du porno étaient en partie noirs. "

" Julian est un putain de menteur", ai-je ri en me demandant de combien d' autres façons je pourrais être pris pour un imbécile.

J'ai pensé prendre le temps de lui expliquer, de mettre les choses au clair avec elle, mais cela me semblait trop de travail.

"Ecoute, c'est bon. Julian est un salaud menteur avec une petite bite et je rentre chez moi chercher des vêtements à ta taille. Si tu veux venir, je te baiserai dans mon lit."

Elle l'a fait et je le lui ai fait et je suppose qu'elle a perdu sa virginité quand elle est venue alors que j'étais encore en elle.

Je ne sais pas, ce sont des nuits comme celle-là où je pense le plus à Nancy.

Elle n'a jamais perdu son mode salope , mais je pense quand même que c'était triste de devoir m'occuper d'elle le lendemain.

Nous sommes allés de maison en maison dans le quartier pour voir qui restait.

Nancy ne voulait pas m'écouter pour faire attention.

Elle a couru chez son petit ami et il l'a mordue.

Eh bien, ça arrive. J'ai pris la tête des deux.

D'abord son petit ami puis, après sa conversion, à Nancy.

Mais c'est comme ça que j'ai rencontré Cristy Walker, la sœur légèrement aînée du petit ami de Nancy.

Cristy se cachait dans sa chambre avec la porte fermée contre son frère.

Il a entendu des voix, des tueries et enfin moi disant au revoir à Nancy.

"Salut?" a-t-il crié depuis sa chambre. "Qui est en train de parler?"

"C'est moi", répondis-je en me présentant. "C'est en sécurité maintenant."

"Il y a des zombies", a-t-il crié.

"Je sais."

"Toi, tu sais déjà comment faire ? Tu les as tués ?"

"Ils sont encore morts", promis-je.

"J'ai vraiment besoin de faire pipi", dit-il en ouvrant la porte et en courant dans le couloir jusqu'à la salle de bain.

Elle n'a pas fermé la porte de la salle de bain.

Je n'ai pas regardé.

C'était impoli.

"Qui êtes-vous déjà?"

"J'habite dans le pâté de maisons en dessous."

"Es-tu le type bizarre qui coupe des pastèques avec une épée ?"

"Oui c'est moi."

Cristy rougit et retourna dans le couloir.

Elle portait une culotte et un t-shirt.

Elle a vu son frère et les jambes de Nancy.

Les autres étaient dans l'autre pièce.

Cristy m'a serré dans ses bras et m'a donné un énorme baiser.

"Merci", dit-elle.

Je suppose qu'il regardait ses seins d'après ce qu'il a dit ensuite.

"Gardez-moi en sécurité et ceux-ci sont à vous", dit-il en m'embrassant sur la joue. "Celles-là et toutes les autres parties de moi."

Comme je l'ai dit, il n'y a rien de tel que l'apocalypse zombie pour draguer les filles.

FIN